身体を奪われたわたしと、魔導師のパパ

1

池中織奈

ill. まろ

CONTENTS

プロローグ　わたしの身体が奪われた日

『え……？』


わたしはベルラ・クイシュイン。

栄えあるクイシュイン公爵家の長女なの。

大好きなお母様とお父様、優しくてかっこいいお兄様がわたしの傍にいて、侍女たちはわたしの言うことを沢山聞いてくれた。

なんでも欲しいものが手に入った。

欲しいお菓子も、素敵なドレスも——わたしが欲しいと言えば、お母様もお父様も笑ってそれを与えてくれた。お兄様は困った顔をしていたけれど、わたしの頭を撫でてくれた。

わたしは、家族が大好きだった。

——このままの暮らしが、ずっとずっと、永遠に続くのだと、そう信じていた。

——だけど、ある日。


わたしの人生は変わってしまった。

気付いたときには、わたしは自分の身体を見下ろしていた。何が起こっているのか、さっぱりわたしにはわからなかった。

わたしは、ここにいるのに。わたしが、わたしの身体を見下ろしていた。

改めてベッドに眠っているわたしの身体を見る。

お母様譲りの赤い髪は、わたしのお気に入りだ。お母様のように赤毛を長く伸ばしたいな、お母様と同じような髪型をしたいなとそんなことばかり考えて、ずっと髪を伸ばしていた。

今は閉じている瞳は、お父様譲りの水色だ。その空色の瞳もわたしは大好き。お父様と同じ瞳がわたしは大好き。自分で言うのもなんだけど、わたしは六歳にしては綺麗だって、侍女たちもほめてくれるの。

お父様はわたしのことを『私のお姫様』と言って抱きしめてくれるの。

お母様はわたしのことを『私の娘は可愛いわ』と笑って抱きしめてくれるの。

お兄様はわたしのことを『仕方がないな』と言いながら頭を撫でてくれるの。

とてもとても大好きなの。

わたしが目を覚まさないと、お母様もお父様も、お兄様も――きっと悲しむわ。だってわたしは家族に愛されてるもの。大好きなわたしが眠ったままだったらきっとみんな悲しむもの。だから、わたしは目覚めなきゃいけないのに、こんな風に家族を見下ろすわけにもいかないのに。

どうして、わたしは自分の身体に触れているつもりなのに触れられないの？

どうして、わたしは宙に浮いているの？

どうして、わたしは。どうして、なんで……わたしは、こんなことになっているのだろう⁇

不思議で、なんだろう、夢かなって思った。

だってこんなこと、ありえないことだもの。だってわたしがわたしの身体を見下ろしているなんておかしいもの。

わたしは不思議で仕方がなかった。

この夢は、すぐに覚めるのだと思っていた。

だけれど、その夢は簡単に覚めなかった。むしろ、最悪な形で続いていったのだ。

――目の前の、わたしが何故か目を覚ましたのだ。

わたしはここに居るのに。わたしは身体を動かしてなんてないのに。それなのに目の前でわたしが動いていたのだ。

目が覚めたわたしは驚いたような仕草をして、訳のわからない言葉をブツブツと言っていた。わたしがここにいることなど知らずに、わたしの中にいる誰かは――わたしを演じだした。

何故だか、ベルラ・クイシュインのことを――わたしをその存在は知っているらしい。よくわからない。

あくやくれいじょう？　とか、おとめげぇむだとかよくわからない単語を口にしていた。わたしがまだ子どもだからなのかな。

そのわたしの身体を使っている誰かは、起き上がるとわたしのふりをした。中身はわたしではないのに、わたしとしてお父様やお母様、お兄様や侍女たちと接していた。

わたしは、大好きな家族が気付いてくれるのだと信じていたのだ。

だってそこにいるのはわたしじゃない。

だってそこにいるわたしの身体を動かしているのはわたしじゃない。

――だから、だからきっと、気付いてくれる。

だってそこにいるのはわたしじゃないから。

お父様、お母様、お兄様――大好きな家族。

そしてわたしの面倒を見てくれていて、いつも言うことを聞いてくれている大好きな侍女たち。

わたしはみんなのことが大好き。

わたしの目から見て、わたしの身体を動かしている誰かは、わたしではない。いつものわたしの行動と違うから。

それにどうやらわたしの身体を動かしている誰かは、わたしの今までのことを知っているわけではないらしい。

ただ不思議なことに、わたしの身体を動かしている誰かは……わたしができないようなことを簡単にやっていた。

周りのことをよく見て、それに合わせて――、わたしらしいわたしを演じようとしていた。

そこにいるのはわたしじゃないのに。

自分がわたしじゃないことを言わないで、わたしのふりをしている。

わたしはいつまでこのままなんだろう？　わたしの身体を返してほしい。だってお父様やお母様に抱きしめられるのも、お兄様に頭を撫でられるのも、わたしだからなのに。

どうしてわたしじゃない人が、わたしの大好きな人たちと、わたしのふりをして笑っているの？

はやく気付いて。気付いて、偽物だって言って。

わたしの身体から出ていけって言って。そこはわたしの場所なんだよ!!

美味しいものを食べるのも、綺麗なドレスを着るのも、全部あなたじゃなくてわたしのものなんだよ!!

そんな思いでわたしはいっぱいだった。


——この悪夢が、覚めることを祈っていた。でもそんな希望は打ち砕かれる。


「ベルラ、私の天使。可愛いな」

「えへへ、お父様、大好き」

目の前で、わたしの身体を操る誰かが——ぎゅっとお父様に抱き着く。

「ベルラ、いい子に育って嬉しいわ」

「私ももう八歳だもの」

目の前で、わたしの身体を操る誰かが——お母様と朗らかに笑っている。

「ベルラ、よくやったね。君は僕の自慢の妹だよ」

「私にとってもお兄様は自慢のお兄様よ」

目の前で、わたしの身体を操る誰かが——お兄様に頭を撫でられている。

……そして、わたしはたった一人、誰にも気付かれることなくその様子を見ている。

わたしが、わたしの身体から追い出されて、誰かがわたしの身体を操る悪夢が始まって、既に二年が経過していた。

……わたしは、大好きな人たちがわたしじゃないって気付いてくれるって思っていた。

……わたしは、大好きな人たちなら「わたしではなくなった」ってわたしの身体を操る誰かに怒ってくれるって思っていた。

でも、そんなことなかった。

でも、そんなの幻想だったのだ。

悪夢は、続く。

これが現実だなんて信じたくない。

どうして。なんで。そんな気持ちでいっぱいだ。でもわたしは声を上げることができない。ううん、声を発しても、誰もわたしの声なんて聞こえないのだ。

どうして、なんで。わたしはここだよ。ここにわたしはいるんだよ。

『わたしの場所なのに!!　わたしが、わたしが全部持っているものなのに、なんで……っ』

泣き叫びたい。悲しい。苦しい。

時々、そんな風に声を上げてしまう。

それでもわたしの声は誰かに届くことはない。――誰もわたしの声を聞かない。

それに悲しいことは他にもあった。

それはわたしよりも、わたしの身体を使っている誰かのほうが、みんなに好かれていること。

「お嬢様が我儘じゃなくなって良かったわ」

「そうね。ある日突然変わったときには驚いたけれど、とても優しくて思いやりのあるお嬢様で嬉しいわ」

「そんなに昔のお嬢様は我儘だったんですか？」

「そうね。子供らしくて可愛いと言えば可愛かったけれどあれが欲しいこれが欲しいと周りを困らせてばかりだったもの」

——わたしは、我儘だったらしい。

「欲しいものがあるとすぐに旦那様たちに言って、手に入れにくいものだろうとも手に入れてほしいなんてことになって大変だったりしたわ」

覚えている。知り合いの女の子から美味しいお菓子をもらって、それが食べたいって言ったことを。それが手に入れにくいものかなんて何も考えていなかった。

「お出かけのときに前日に決めたドレスがやっぱり気に食わないって言ってその後、長い時間選ばされたりしたもの」

覚えている。やっぱりこのドレスじゃないのがいいってそう言って、侍女にドレス選びに付き合ってもらったことを。

「誕生日に料理長が作った料理に嫌いな野菜が入っていたって食べなかったりしていたわね」

覚えている。料理長が作ってくれた料理に嫌いな野菜が入っていて、結局食べなかったことを。

わたしは大好きだと思っていた周りにわたしが我儘だったから、ちょっと嫌がられていたことを知った。

あれが欲しい、これが欲しい。あれを着たい。これを食べたい。――わたしはそればかり言っていた。

だってわたしは家族にとってお姫様みたいなもので、そういうのを望んでもいいって。そうやってみんな笑っていた。

わたしが望んだら、みんな、わたしにそれを持ってきてくれた。なのに、――本当はみんな、わたしのことなんて嫌いだったんだろうか。

そんなこと思いたくない。――だけど、みんな、わたしじゃなくて……、わたしの身体を動かしている誰かのほうが好きなんだ。……悲しくて苦しいのに泣けないこと。たとえ、わたしが悲しくて、苦しくても――誰も気付いてくれないこと、誰も慰めてくれないこと……それがわたしは苦しかった。

それにお父様とお母様とお兄様だって……そうなんだ。

お父様は、わたしのことを可愛がってくれていた。それはきっと本当のことだったと思う。嘘だとは思いたくない。

お母様は、わたしのことを抱きしめてくれた。可愛いって笑ってくれて、大好きだった。

お兄様は、わたしが何かやりたいことを言っても、仕方がないって笑ってた。

「――ベルラが落ち着いたようで良かったよ。八歳でもう淑女たらんとしていて自慢だよ」

「ええ、そうですわね。私も可愛い娘が立派に育って嬉しいですわ」

お父様とお母様は、そんな会話をしていた。なんでだろう。二人なら気付いてくれるかなって見に行ったのが悪かったのかな。だってこんな話を聞くなんて思わなかったから。二人なら、気付いてくれると思ったのに……。

「ベルラが素直で可愛くなって良かったよ。昔のベルラは我儘だったから。父上と母上もそれを許容していたし……」

……お兄様は今のわたしの身体を使っている誰かがいいんだって。わたしの我儘を仕方がないって頭を撫でてくれていたのに、我儘を言わない、まるで大人のようなわたしの身体を操るあの子のほうが好きなんだって。

お兄様に嫌われてたのかってショックだったんだ。

わたしはこの二年で、ずっとそういう話を聞いていた。そしてわたしじゃない誰かがわたしの身体を操る人のほうがみんな大好きなんだ。

それを実感していくにつれ、わたしという存在は薄れていった。

……もうこのままだと、多分、消える。身体を追い出されて、ここに残っているわたしは、消える。

なんでなのだろうという戸惑いも強いけど、それでも悲しみが強かった。

だから、わたしはもういいかと思ったのだ。――もう、いいかと。わたしが消えても誰も悲しまない。だってわたしじゃないわたしのことがみんな好きなんだから。

わたしは――たった一人で消えようと、屋敷を後にする。どこでもいい。誰もいない場所に行こう。

今までこの状態になって、外に行くのは怖いから外には行っていなかったけれど、最後だから……。

そして向かった。

どこに行ってもいいやと、ふらふらと彷徨う。

そしてたどり着いた森の中。

――月明かりの下、消えようとする、わたし。さようなら。

そのまま消えてしまおうとしたとき――、

「おい」

声をかけられた。

わたしに言っているはずがない。

だってわたしのことを誰も見えないから。わたしに声なんてかけられるはずはない。

だからそのまま、わたしは――、消えたい。

そう思っていたのに。

「おい!!　そこのお前だ。今にも消えそうな、お前」

『え』

わたしを見ていた。ううん、それどころか、わたしに向かって怒鳴ってた。

視線を向ければ、そこにいたのは綺麗な男の人だった。髪は見たこともないほど美しい白色で、目はお月様のような黄色だった。なんて綺麗な男の人だろうって驚いた。

『わたしに、言ってる?』

「そうだ。お前だよ。そこの消えかけの、魂」

『っ!!』

わたしのことを正しく認識している。わたしに話してくれている。嬉しかった。

『ねぇ!!　わたしのこと、見えるの？　わたしの声、聞こえるの？　あなたはなんなの？　綺麗だけど、神様か何かなの!?』

「……消えかけの魂かと思ったらうるせぇな」

嬉しくなって声をあげれば、その人は面倒そうに告げる。

見た目は神様や天使様みたいに幻想的なのに口がちょっと悪くてびっくりした。わたしは公爵令嬢として生きてきたからこういう乱暴な言葉を放つ人あまり知らないから。

わたしがわたしのままだったら、近付かないような人だと思う。

でも、今のわたしを見つけてくれたたった一人の人。だから、わたしは近付いた。

「俺は神様なんかじゃねぇよ」

『そうなの？　とっても綺麗なのに!!　あなたみたいな綺麗な人、初めて見たわ!!』

「そうか。……それはどうでもいい。ところで、お前、消えるぐらいなら俺に有効活用されないか？」

『ゆうこうかつよう？　何？』

ちょっと難しい単語で、わからなかった。首をかしげれば、目の前の男の人はなんとも言えない表情で言う。

「……消えるぐらいなら俺の研究のために使われろって言ってんだよ」

『使われるって、どうなるの？』

「なんだ、消えようとしてたのに、気になるのか？　変な魂だな。まぁ、子供の魂なら仕方がないか」

男の人はそう言いながら、わたしのことを見る。なんだかその綺麗なお月様みたいな瞳に見つめられると、嬉しい気持ちになった。

「俺は魔導師、ディオノレ。お前の魂を、俺の研究に使いたい。ただ、お前が消えるわけではない。むしろ消えかけの今よりは自由を与えよう。まぁ、娘みたいなものだ」

『娘……』

娘という単語を聞いて、不思議な気持ちになった。

わたしはお父様とお母様の娘だった。だけど、お父様とお母様の娘は、もうわたしの身体を使っている誰かになった。わたしは、誰の娘でもなくなったようなものだ。そんなわたしが、目の前の人の娘になる。

それはどういう意味だろうか。よくわからないけれど、この人について行ったらわたしは一人ではなくなる。この人はわたしの言葉を聞いてくれる。わたしの存在に気付いてくれている。

――わたしはもう、誰にも自分の声が届かないのは嫌だ。

「――まぁ、拒否権はないけどな」

『拒否できないの？　でもいいわ。わたし、こうなってから誰とも話せなかったから。あなたと居ればわたし、一人じゃないなら、ついて行きたい。あなたがたとえ悪い人でも、悪魔とかでも、あなたの所に行きたい!!』

「よし、じゃあ行くか」

わたしが行きたいと口にしたら、ちょっとだけ男の人は笑った。

なんだか少しの笑みでも、とても綺麗でびっくりした。綺麗な人はどんな表情でも綺麗だけれど、笑うともっといいなと思った。もっと笑った顔を見られたら楽しいのにな。

——そんな気持ちになったのも久しぶりだった。

この二年でわたしは我儘ではなくなっていたのだと思う。誰にも声が届かないから。だけど、わたしは……やっぱり我儘なのかもしれない。ちょっと話す人ができたらこうしたい、ああしたいって気持ちが溢れる。

だけど我慢したほうがいいのかな。

だって……わたしは我儘だったから、嫌われてた。みんなわたしよりわたしの身体を使っているあの子のほうが好きだから。

この目の前の人に嫌われないようにしたいな。

そう思いながらドキドキしていると、ディオノレさんは指を鳴らした。

そして次の瞬間、わたしは見知らぬ場所にいたのだ。

第一章　わたしの新しい生活

『わぁああ!!　ここどこなの？　凄い、なんかごちゃごちゃしてる!!　それに一瞬で移動したよ！』

「うるせぇな。ここは俺の家だ」

『ここが家なの？　とっても広いね!!』

わたしは興奮してディオノレさんに声をかける。

視界にまず入ったのは暖炉。そして広々とした部屋。その部屋の中には沢山のものが溢れていてごちゃごちゃしている。見てもなんなのかわからないような気持ちの悪いものも沢山あった。そして沢山の紙が散らばっていた。

その紙に描かれているものをちらりと見たけれど、なんだかよくわからない絵か図みたいなものが描かれていて、何が描かれているのか全くわからなかった。

『ねぇねぇ、いきなり移動したよ！　何をしたの!?』

「魔法だ」

ディオノレさんはばっさりとそんなことを言い放つ。

わたしも魔法のことを少しは学んでいたけれど、こういう魔法もあることに驚く。

目の前の人、ディオノレさんは――自分のことを魔導師と名乗っていた。魔導師ってなんだろう？　魔法使いとは違うのだろうか。魔ってつくから魔法が使える人だとは思うけれど。

そういえばわたしもあのまま身体を奪われていなければ魔法を習うはずだった。お兄様が魔法を使っているのを見て、魔法を使ってみたいなってずっと思っていた。

わたしの家は火の魔法が得意な家で、わたしは家族のように魔法を使うのを楽しみにしていた。だけれど、それは叶わなかった。

わたしの身体を使っているあの子がわたしの代わりに魔法を習っていた。だけどあの子は火の魔法が得意とはいえないようだった。

なぜかあの子は「おかしいわね。ベルラは子供の頃は火魔法が苦手だったのかしら？」と謎発言をしていた。

あの子は本当のわたしではないことを知っているのに、わたしのふりをずっとしていた。そして何故だかわたしのことを知っているような発言も時々していた。

……なんだかあの子のことを考えていると悲しい気持ちになった。

「何、落ち込んでる？」

『……わたし、身体、取られたから』

「あー、なんだ、お前、魂が彷徨っていて死霊かと思ったら神の悪戯の被害者か」

わたしの簡潔な言葉でもディオノレさんはわたしの身に何が起こったのかわかったらしい。神の悪戯ってなんだろう？　わたしは不思議に思いながらディオノレさんのことをじっと見つめる。

「時々あるんだよ。百年とかそのくらいに一回、世界のどこかで行われるものだ。元々の魂を追い出して、違う魂を身体に入れる。その異なる魂が身体に馴染むまでの間に周りが気付けば戻れるが、そうじゃなければ元の魂は消える。お前は周りに気付かれなかったってことか」

『……うぅうう』

ディオノレさんの言葉に泣きそうになる。

ディオノレさんは容赦がない。わたしに同情も何もしていなくて、ただただわたしに対して事実だけを告げているのはわかる。だけど誰にもわたしがわたしじゃないと気付かれなかったことを改めて実感して悲しかった。

それにしてもわたしだけかと思った。

こんなよくわからない状況になっている人が他にもいたんだという驚きも大きい。でもそうか、わたしは気付かれなかった。だからディオノレさんがわたしに気付かなきゃ、わたしはそのまま消えるところだったのか。

「そんな声を上げるな。安心しろ。お前は消えない。俺が使う」

そんなことを言いながら、ディオノレさんはわたしに目線を合わせるようにしゃがみこんだ。

口調はぶっきらぼうで、決してその態度は優しくない。

今までわたしの周りにいなかったようなタイプの人。だけれど——根は良い人なのだと思う。

それが自分のためだったとしても、ディオノレさんはわたしのことをちゃんと見ている。わたしのことを見つめて、わたしに話しかけてくれている。

そう思うと、泣きそうな気持ちはなくなった。

『それは、結局どういうことなの？』

「――そうだな。まずは見たほうがはやいか。ちょっとこっちに来い」

ディオノレさんはわたしが問いかければ、そう告げる。別の場所に向かうらしい。ここでは説明ができないのだろうか？　見たほうがはやいというのはどういうことなのだろうか？

よくわからないけれど、ついて行くほかになんの選択肢もない。

……ディオノレさんが話しかけてくれるから、わたしをちゃんと見つめるから、自分に身体がないことを忘れそうになる。だけど、やっぱりわたしは周りには触れられない。わたしが触ろうとしてもすり抜けていくことが悲しい。

わたしとディオノレさんは部屋を出る。そこには広い廊下があった。住んでいた屋敷よりも広く感じる。だけど他に気配がしないから、ディオノレさんはこの広い屋敷の中、一人で住んでいるのだろうか？

そんなことを考えながらディオノレさんの後をついて行った。たどり着いたのは、先ほどの部屋よりも小さめの部屋である。その部屋には大きな瓶のようなものがあった。

そしてその液体の入ったそれの中には、美しい少女がいる。

そこにいるのは、とても美しい女の子だ。

真っ白な肌に、真っ白な髪。瞳を閉じた、わたしと同じぐらいの女の子。

『わぁ、綺麗な女の子!!　この子は？』

「これは俺が造ったホムンクルスだ」

ディオノレさんはそう言った。

『ほむんくるす?』

それはなんだろう。聞いたことがない単語にわたしは首をかしげてしまう。

なんのことなのかわからない。そして目の前のこの子は眠っているのだろうか? なんで液体の中で、裸で眠っているんだろう?

よくわからなくてディオノレさんを見る。

「ホムンクルス――人造人間。これは俺が自分の手で生み出したものだ」

『人造人間?』

「そう。魔導師たちの研究対象の一つだな。俺は自分の身体の一部を使って、この少女を造りだした」

『だから、ディオノレさんに似ているの?』

目の前の少女はディオノレさんにそっくりだ。

並んでいたら親子だとすぐにわかるだろう。魔導師って、そういうこともできるのかと驚いた。

それにしてもほむんくるすって、人を造る研究ってこと? やっぱりディオノレさんは神様とか、天使様みたいだと思う。わたしが理解できないようなこと沢山やっているんだもん。

『この子、動かないの?』

「ああ。身体は造れたが、足りないものがあった。だから正確には目の前のコレはまだ生きていない」

『足りないもの?』

目の前の少女は、どこからどう見ても生きているようにしか見えない。なのに、目の前のこの子は生きていないのだという。

ディオノレさんの言っていることは難しくて、何を言われているのかいまいちわからない。わたしが不思議そうな顔をしていると、ディオノレさんが告げる。

「コレに足りないのは、魂だ」

『魂？』

「そう魂、心と呼ばれるものだな」

ディオノレさんはそう言って、目の前の少女を見る。美しい少女——まるで生きているかのようにしか見えない少女。だけど、ディオノレさんが言うには、心が足りない少女。

ディオノレさんは、少女からわたしへと視線を移す。

「お前、この身体に入れ」

『え？』

「言っただろう。この俺の造ったホムンクルスには、魂が、心がないと。どこからどうやって調達しようかと考えていたところに、ちょうどお前がいた。だからお前を使ってやる」

『……この子にわたしがなるってこと？』

「そうだ。目の前のこの身体には魂がない。そしてお前には、帰るべき身体がない。ちょうどいいだろう？」

にやりと笑ってそう告げるディオノレさんは、ちょっと怖かった。ディオノレさんは最初からわたしのことを使うと言っていた。……その使い道が、この目の前の少女の身体に入ること。

目の前の少女を見る。

わたしは、お父様やお母様やお兄様に可愛いってずっと言われていた。美人さんになるだろうとも。

でも目の前の少女はもっとなんというか、神秘的な感じがする。それはディオノレさんに造られたものだからだろうか。

わたしが、この少女になる……。

考えてもぴんとこなかった。

本当に生きているように見えるこの子には、心がないのだろうか。わたしは、この子になっていいのだろうか。

そんなことをずっと考えてしまった。

昔のわたしならこんなことは考えなかった。もらえるものは全部もらおうとしただろう。だけど、散々周りの本音を聞いたわたしはこの身体をもらっていいのかわからなかった。

わたしが悩んでいると——、ディオノレさんはわたしを掴んだ。

なんで今の状況のわたしを掴むことができるのだろうか……などはよくわからなかったが、

「うじうじ悩むな。いいから入れ。お前は俺の研究に使われるためにここまで来たんだろう。だったら拒否権はない」

と、そんな冷たい声と共に、掴まれたわたしは少女の身体へと投げ込まれた。

何か言う暇もなかった。

何か感じる暇もなかった。

少女の身体にぶつかるかと思った直後、大きな衝撃を感じて、そのまま意識を失った。


「ん……」

口から声が漏れる。

パチリッとわたしの目が開く。

気付けばベッドの上に眠っていた。見慣れない天井に、ここはどこだろうかと、不思議な気持ちになる。

身体を起こす。

ベッドはふんわりとした弾力があって、いつまでも眠っていたい気持ちになった。久しぶりのベッドの感覚は、わたしを永遠の眠りに誘いそうなほど心地良かった。

ここはどこだっけ。

わたしは、どうして寝ているのだっけ。

そこまで考えてはっとなった。

「え？」

わたしには、身体がないはずだ。

わたしは、眠ることさえも二年前からできなかったはずだ。

なのに――、わたしは今、言葉を発している。そして確かにベッドの感触を感じている。驚いたまま、顔にも触れる。もちもちとした肌を、手で感じる。髪を手に取る。雪のように真っ白な髪が、わたしから生えている。

ベッドから降りて立ち上がろうとして、足がもつれた。

まるでしばらくの間、歩いていなかったかのように――、まるで歩くことを知らない赤ちゃんのように――わたしは歩けない。

わたしは冷たい木の床に座り込みながら、前を見る。そこには全身を映す大きな鏡があった。わたしはそれを見る。そこに映っているのは、真っ白な髪のかわいらしい少女だった。その開いた目は、お月様のような黄色。

わたしは自分の顔に手を当てる。

鏡の中の少女も顔に手を当てる。

わたしは自分の髪を引っ張ってみる。ちょっと痛い。

鏡の中の少女も髪を引っ張っている。

わたしは鏡に手を伸ばしてみる。

鏡の中の少女もわたしに向かって手を伸ばしている。

……わたしはそこまでやってようやく、この少女が今のわたしなのだと理解する。そして意識を失う前のことも思い出した。

この真っ白な髪の少女がディオノレさんの生み出したというホムンクルスというもので、魂がないとディオノレさんが言っていて——そしてわたしはディオノレさんにこの身体に入れられた。

わたしはどうしようもなく、泣きたくなった。

身体をもらって良かったのか、というその気持ちも強い。けど、それよりも——久しぶりの身体の感覚が嬉しかった。

わたしの身体を使う誰かに、身体を奪われ、わたしはずっと漂っていた。

身体の感触も、痛みも——何も感じられなくて、ただそこにいて、悲しんでいるだけのわたしだった。

確かにわたしは、自分の身体に触れられる。

確かにわたしは、周りにあるものに触れられる。

床に座り込むと冷たいのだということも、久しぶりに思い出した。

お母様に見られたらはしたないと言われるだろうけれども、この冷たい床の感触をわたしは感じたかった。この冷たさも、久しぶりだった。

立ち上がることができないので、べたりと身体を床にくっつける。

そして天井を見上げながらゆっくりと思考する。

そういえば、意識を失う前のこの身体は服を着ていなかった。でも今はワンピースを着ている。

ディオノレさんが着せてくれたのだろうか。

それにしても……ひんやりとした床の感触が気持ちいい。

冷たすぎて思わずくしゅんとくしゃみがでる。そのくしゃみさえも嬉しくて、なんだかおかしくなって笑ってしまう。

「あはは」

自分の口から洩れる笑い声。

――前のわたしの身体とは違う声。だけど、確かにわたしが発している声。自分で声をあげることができて、その声を自分で聞くことができる。そんな当たり前のことをわたしは二年間できなかった。だから、嬉しい。

思えばわたしは、この二年、笑うことはなかった。もちろん、笑っても誰にもその笑い声は届くことはなかったけれども――それでも魂だけの状態になっていて笑うことはなかった。

ただ身体を取られてしまったことが悲しくて、苦しくて――どうして家族が気付いてくれないのだろうってそればかり考えていた。

そんなわたしが、今笑っている。

ああ、嬉しい。

昔のわたしなら、床の冷たさやくしゃみがでるだけで笑うことはなかった。みんなが言うように、色んなことができたのにもっともっとって我儘だった。ただ家族たちと笑いあえるだけでも幸せだったのに。――わたしはそれを当たり前だって思ってたんだなぁと今だからこそわかる。

そんなことを考えていたらガチャリと扉が開かれた。

そして寝そべっているわたしの視界には、足だけが見える。

「……何をやっている?」

「あ、ディ……さん」

やってきたのは、ディオノレさんだった。

ディオノレさん、と口にしようとしたけれど、この身体はずっと言葉を発してこなかったのだろう。言葉が続かなかった。

喋れないことがなんだか嫌だなと思う。これから練習をすればもっと喋れるようになるのだろうか。

「つめ……たい。いい」

「冷たいのがいい？　わけわからない奴だな。とりあえず来い」

わたしはそう冷たく言われて、慌てて立ち上がろうとする。だけどやっぱりこの身体は動くことをしばらくしていなかったからか、上手く立ち上がれない。

「……ああ、そうか。ずっと眠っていた身体だからな」

ディオノレさんはそう言うと、何かを呟いた。それがなんなのかわたしにはわからなかった。

次の瞬間には、わたしの身体が浮いていた。床から足が離れて不思議な感覚になる。

「え」

びっくりして、変な声が出た。

そしてわたしの浮いた身体は、すたすたと歩くディオノレさんに勝手について行くのだった。

「きゃはは」

最初、わたしは自分の身体が浮いたことに驚いた。そして床に足をつけないかと、バタバタと手足を動かしてしまった。

けれど途中からこの現象を起こしているのはディオノレさんで、怖いことなんて何もないのだとわかったから――途中からわたしはすっかり宙に浮かんでいることを楽しんでしまっていた。

突然笑い声をあげて、楽しそうにしているわたしを、ディオノレさんは「なんだこいつ？」といった怪訝《けげん》そうな目で見ていた。

その視線には気付いていたけれど、それでもこの状況が楽しいという気持ちでいっぱいだった。浮遊感も、外から入ってきた風の感覚も――全部がわたしには嬉しいことで、笑うことを我慢なんてできなかった。

そしてディオノレさんに連れてこられたのは、一つの部屋である。そこは食堂だった。机の上に幾つかの料理が並んでいる。公爵家で食べていたような料理ではなく、なんだか簡単な感じのものだった。だけど、その料理を見ただけでわたしのお腹はぐぅううぅと音をたてた。

わたしは恥ずかしくなって、顔が赤くなるのがわかった。

そんなわたしにディオノレさんは声をかけることもない。

ディオノレさんが指を鳴らすと、わたしはその赤い椅子の上に座らされた。目の前には、パンやスープなどの料理がある。

食べていいのだろうか？　と向かいに座っているディオノレさんに視線を向ける。

わたしは我儘だったからみんなに嫌われてしまった。今のわたしには、ディオノレさんしかいない。わたしの中身が幾らベルラ・クイシュインだと言ったとしても誰も信じない。だって身体が違うから。

――わたしはディオノレさんに嫌われてはいけない。ううん、嫌われたくない。

わたしはどうしたらいいかわからなくて固まってしまう。

「……食べろ」

その言葉を告げてくれたから、わたしはこくりと頷いた。

スプーンに手を伸ばす。銀のスプーンを右手で握る。だけど上手く握れなくて、音をたててスプーンが机に落ちる。また握る。持てたけれど、スープを飲むのも一苦労だ。口に含む。熱い。熱くて、舌がヒリヒリとする。それにごくりと飲み込んだら咽《むせ》てしまった。

「ごほっ……」

「……食べやすいものにしたつもりだが、これでもきついか」

ディオノレさんは瞳も冷たい。態度も冷たい。決してわたしに友好的なわけではない。けれど――食事を摂ったことのないこの身体にとって、食事がしやすいように食べやすいものを作ってくれているというそれだけで、優しい人だと思った。

ディオノレさんが何かを告げる。そうすれば勝手にパンが小さく刻まれ、スープに浸される。そしてスプーンが勝手に浮いて、わたしの口元にくる。

ディオノレさんの魔法なのだろうか。

お兄様の使う魔法を見たことがあったけれど、ディオノレさんのように当たり前みたいに魔法を使える人なんてわたしは知らない。魔法を使うのは難しいことだって、お父様も言っていた。

でもディオノレさんは、驚くほどに日常の中で魔法のようなものを使う。魔導師――とそう名乗っていたっけ。そういう力がある人なのだろうか。よくわからない。

でもとりあえず今は、そういうことを考えるよりも食事を摂ろう。ディオノレさんが魔法で差し出してくれるスプーンからスープをすする。少し咽るときもあるけれど、ディオノレさんはゆっくりとわたしが食べられるペースを見計らってスプーンを差し出してくれる。

そうしてわたしに対して魔法を使っている間も、ディオノレさんは普通に自分の食事も摂っていた。魔法を使いながら、別のことができるのもなんだかびっくりした。

「もう、いっぱい」

「お腹いっぱいになったか？　本当にいいのか？　そんなに食べてないだろ？」

この身体は目覚めてすぐというのもあり、そんなに食事をお腹に入れられないらしい。お腹いっぱいだと口にすれば、ディオノレさんは眉をひそめて、そんなことを言う。

睨んでいるようにこちらを見ているけれど、その言葉がわたしのことを思っての言葉だとわかって嬉しかった。

「ん」

うん、と口にしたかったのに短い言葉しか出なかった。

もっとディオノレさんにちゃんと言葉を返したいのにな。ディオノレさんはこんなに喋れないわたしに呆れていたりしないだろうか、とちょっと怖くなる。

だけど、ディオノレさんは「そうか」と口にしてすぐに食事を下げた。そしてその視線は温かいものではないけれど、わたしに対して呆れなどを感じていない視線だった。そのことにほっとした。

「――お前、名前は」

「わたし……ベルラ」

家名まで口にしようと思ったけれど、もうわたしはベルラ・クイシュインではないと思いとどまったので、名前だけ告げた。

「ベルラか。身体も変わったし、違う名前にするぞ。お前はその身体に入って生まれ変わったんだ」

「……わかった」

「そうだな。ベルレナにでもするか。今までの名前を少しもじっただけだが……いいか？」

「うん」

わたしの身体は変わった。わたしは今、ベルラ・クイシュインとは似ても似つかない姿をしている。生まれ変わったということは確かにそうなのだと思う。

——わたしは、今日からベルレナ。

不思議とその名前はすとんとわたしに馴染んだ。新しい名前をもらったことで、新しい身体をもらった実感がなんだか湧いてくる。

「ベルレナ。お前は今日から俺の娘だ。ここで俺の娘として過ごしてもらう」

「うん。わたし……なに、する？」

この身体はどこからどう見ても、ディオノレさんの血縁者にしか見えない。ディオノレさんにそっくりだ。だからわたしが娘と名乗れば、みんな、疑いはしないだろう。

ディオノレさんはわたしを使うと言っていた。

使うというのは、お父様が使用人たちに命令を下していたように、何かをやってもらうことだと思う。ならば、わたしはディオノレさんのために何をしたら良いのだろうか。

わたしはディオノレさんのおかげでここにいる。

誰にも知られないままに、消えていくはずだったのに。身体を得て、わたしは今、生きている。

「何もしなくていい。ベルレナは俺の娘として過ごしているだけでいい」

「でも……」

「子供は余計なことを考えなくていい。それにお前が動いているだけでも俺にとっては研究の成果だ。お前が動いているのを記録しているだけでも俺の研究に役立つ。だから普通に好きなようにしとけ」

「好きな……ように？」

「そうだ。ホムンクルスに彷徨っている魂を入れたらどうなるかというのを観察したい。お前、元々その身体と同じぐらいの年代だろう。だからこそ、観察し甲斐がある」

よくわからないけれど、ディオノレさんにとってわたしがただ好きなように過ごしているだけで良いらしい。本当にそれでいいのだろうか……と不安になってしまう。好きなように過ごしていいとは言われたけれど、ディオノレさんに迷惑をかけないようにしないと。

それにこの家にやってきたのは初めてで、わたしはこの家のどこに何があるかもわからない。そのあたりも覚えておかないと。

それにそもそも、この身体は何故だかまだ立ち上がることさえもできない。上手く身体を使うこと、上手く言葉を発すること――まるで赤ん坊みたいに、そこからわたしは始めなければならない。

赤ちゃんのときの記憶はさすがにない。

わたしの一番古い記憶は、三歳ぐらいの記憶だろうか。お母様がわたしのことをぎゅっと抱きしめてくれた思い出がある。お母様のことを考えると、少しだけ悲しくなった。

この二年で、お母様にとっての〝ベルラ・クイシュイン〟はとっくの昔にわたしじゃなくて、あの子になったから。

色んなことを考えていると、ディオノレさんから声をかけられる。

「ベルレナ」

「なに」

「お前、俺に聞きたいことはあるか？　あるなら聞け」

聞きたいことはあるか、とディオノレさんはわたしに問いかける。

聞きたいこと……考えてみれば沢山ある。ディオノレさんの使っている魔法について。魔導師ってなんなのかについて。ホムンクルスってなんなのか。そしてこの家はどこにあるのか。

それに……一番聞きたいのは、わたしに起こったことについて。

神の悪戯とディオノレさんは言っていた。百年に一度くらい、時々起こるって。その出来事についてわたしは怖いけれど、知りたい。だってまた同じことが起こったら怖いから。

「ディ……さんは」

ディオノレさんと口にしようとして、言葉が続かなかった。ディオノレという名前は、いまのわたしにとっては口にするのが難しく、長い。

名前さえも呼べないなんて……とちょっと落ち込んでしまう。

「呼びやすい呼び方で良い」

そんなことを言われて、わたしは首をかしげてしまう。呼び方……って難しい。わたしはどんなふうにディオノレさんのことを呼べばいいのだろうか。

なんて思っていたら向かいに座っているディオノレさんがわたしを見て言う。

「お前は俺の娘になるんだろーが」

「……おとーしゃ」

「もっと呼びやすいのでいい」

お父様、お父さん、そういった呼び方をしようかと思ったのだけれど、呼べなかった。なんだかおとーしゃなんて呼んでしまうなんて恥ずかしい。わたしはそんなに子供じゃないのに。

だけど、そうなったらなんて呼ぼうか。

なんて呼んだらいいだろうかと考えて、わたしは呼びたい呼び名を思いつく。

「パパ」

一番呼びやすくて、簡単に呼べる父親を呼ぶ名前は――パパだった。だからわたしはそう呼んだのだけど、ディオノレさん――パパが固まった。

わたしは選択を間違っただろうか、他の呼び名をしなければならないだろうか。

そう不安になったが、

「……パパか。それでいい。それが呼びやすいんだろ」

と少しだけ小さくパパは笑っていた。

パパという呼び名に驚いていただけで、問題はなかったらしい。パパと呼ばれて小さく笑ったパパは、なんだか綺麗だった。

「パパ」

わたしはパパと口にして、真っ直ぐにパパを見る。

「えっとね……パパ」

パパはわたしがしゃべりだすまで、ゆっくりと待ってくれている。パパのそのやさしさに、わたしは心がじんわりとした気持ちになるのを感じた。

「わたし……歩けない」

「そうだろうな。その身体はずっと動きを止めたままだったからな」

「……パパに、迷惑、かける」

好きにしていいとパパは言っていたけれど、そもそもわたしは歩くことさえもできない。わたしはパパに迷惑をかけてしまうのではないか。パパは好きにしていいよと言ってくれていたけれど、それでも本当にパパが嫌な気持ちにならないか……って。

聞きたいことは沢山あったはずなのに、口からこぼれ出たのはそんな言葉で……、わたしはこの二年で弱くなったんだなと思った。

身体を奪われる前のわたしは、もっと自分のやりたいことを口にして、人の迷惑なんて考えなかった。――だからこそ我儘って言われていたのだろうけれど。

「迷惑ではないだろう。その身体はどの魂が入ったとしても歩くことは難しかっただろう。歩けるようになるまでは俺がお前を移動させるから心配しなくていい」

「でも……」

「そんな顔はする必要はないと言っている。お前は子供だろう。子供はもっと我儘なものだと聞いた」

じっと、その黄色の瞳に見つめられる。なんと言ったら良いかわからなくて、困っているとパパが立ち上がった。そしてわたしの隣に立つ。パパに見下ろされる。

「神の悪戯のせいか」

「え？」

「俺の顔色をうかがいすぎだ。もっと自由にしろ。そうじゃないと研究対象にならないだろう」

パパはそんなことを言う。

わたしがやっぱりなんと答えていいかわからなくて、口ごもるとパパはその左手をわたしの頭に置いた。

パパがわたしの頭を撫でている。

どうして頭を撫でられているのだろう？　とパパのことを見上げれば、パパは眉を顰める。

「子供は撫でられると嬉しいんじゃないのか？」

「え、あ」

パパはわたしを嬉しくさせようと頭を撫でていたらしい。

「う、嬉しいよ」

なんとか声をあげてパパに嬉しいという気持ちを口にする。わたしはパパに頭を撫でられることは嬉しい。パパの手はわたしのことを気遣った思いやりに満ちた手だ。

ぶっきらぼうに見えるけれど、パパは悪い人ではないと思う。

「そうか」

パパはそれだけ言って、無言のままわたしの頭を乱雑に撫でた。

髪がボサボサになったけれど、パパから頭を撫でられたことが嬉しかった。

「パパ」

わたしが笑みを浮かべてパパを呼べば、パパの手が止まる。

「わたし、聞きたいことある」

「なんだ」

「神の悪戯」

「自分に起こった現象について詳しく聞きたいのか。いいぞ。俺が知っていることなら詳しく語ろう」

パパはそう告げて、神の悪戯のことを詳しく話してくれた。

「前も言ったように百年に一度ぐらい、どこかのタイミングで元々の魂を追い出して、他の魂が身体に入る現象だな。これは確認されているものは少ない。知らない間に他人に変わっているが、俺のように魂まで見ることができなければ気付かないままのことも多い」

「パパ、見える?」

「そうだな。俺は魔導師だからな。人に見えないものだって見えるさ。魔力で本人かどうかぐらいは感じられるからな。お前は魂でも――燃えるような炎を感じさせる魔力だった。その身体に入っても炎の気が強いな。きっとその魔法がよく使えるだろう」

パパには魂だけになっていたわたしに燃えるような炎を感じたらしい。魂にそういうものを感じるというのがよくわからないけれど、それはわたしが火の魔法が得意なクイシュイン家の娘だったからなのだろうか。

「その異なる魂が身体に馴染むまでの期間は一年程度と言われている。実際にすぐに気付かれた場合は元の魂が身体に戻ったらしい」

パパはそんなことを言う。

魂が身体に馴染むまでの間にもし誰かがあの子をわたしではないと思ってくれたら――わたしはベルラのままでいられたということなのだろう。でも誰一人気付いてくれることなんてなくて、今ここにいる。

今まで、気付かれなかった魂はわたしが消えようとしたように、消えていったのだろうか。それはとても悲しいことだと思った。

「身体を奪っていた異なる魂がその後どうなったかはわからないが、自分の身体を取り戻した神の悪戯の被害者は記録を残していた。この世界では神が悪戯を起こし、時折そんな現象を起こすというのをきちんと説明していたんだ。もし自分の身近な人が今までに違う行動を起こして、違う存在に思えたならその悪戯が行われた可能性があると」

過去にもその神の悪戯の被害にあってしまった人は居たのだと言う。そのための記録も残されていたのだと。わたしは……誰にも気付いてもらえなかったことが悲しくて、パパの話を黙って聞いている。

「お前の家はその記録を知らなかったのか、それとも知っていても別人の魂が入り込んでいると思わなかったのか」

「知らなかった……思う。わたしも、はじめて聞いた」

「そうか」

「うん。ねぇ、……わたし、また同じことある？」

新しくもらった身体はまだ言葉が上手く発せられない。それに色んな感情が頭の中をぐるんぐるんって回っていて余計に言葉がとぎれとぎれになる。

わたしはパパの話を聞きながら、この新しい身体でも――ベルレナとしてでも同じように神の悪戯が行われる可能性があるのだろうか。わたしはそれを考えて不安になった。

わたしは、わたしの身体を奪われた。

誰一人、わたしとあの子が入れ替わったことなんて気付かなかった。

この二年は、本当に悲しかった。パパが見つけてくれるまでわたしは独りぼっちだった。悲しくて、苦しくて消えてしまおうと思っていた。

また同じ目にあったら、わたしは今度こそ消えるだろう。また同じ目にあうのが怖いなと思った。

「それは問題ない。お前が今、身体を動かしにくいのも全部、その身体にお前が馴染んでいないからだ。お前がその身体に入るという行為は、神の悪戯とある意味一緒だ。魂の入れ替わりができるのは一度だけだ。一度入れ替われば、その後は身体が、魂が入れ替わることに耐性がつくからな。それに……」

パパはわたしの方を見て、続けて告げる。

「俺はお前の魂がたとえ入れ替わったとしてもわかるからな。仮に起こったとしても、すぐに戻るだけだ」

パパが不敵に笑う。

その表情はどこまでも自信満々で、その表情を見てわたしは安心した。

そしてパパと話していると、急に眠くなってきた。この身体が長い間、眠っていたからだろうか。

「眠いのか」

「……うん」

「じゃあ寝ろ。ベッドには連れて行く」

「……ありが、と」

そう口にしたと同時に、わたしは夢の世界へと飛びたっていた。

＊＊＊

ベッドの上で目を覚ます。

ふかふかのベッドは心地良い。真っ白な天井が目に映って、まだ慣れなくて見たことがない光景だと驚く。それと同時にやっぱりまだ、本当に身体があることが夢のような気持ち。

この二年間、自分の手で何かに触れることもなく、身体の感覚を得ることもできなかった。

だからなのか、寝ているだけでも嬉しい。

わたしがこの身体を使うようになって――ベルレナになって既に一週間が経過している。

だけどわたしはまだ自力で立ち上がることさえもできない。

わたしの魂が、まだこの身体に適応していないからだってパパが言っていた。思えばわたしの身体を奪ったあの子も、しばらくは体調が悪かった。それはまだ身体に魂が適応していなかったからということなのだろう。

わたしは今、全然動けないけれど――本当に魂が適応したら動けるようになるのだろうかと少し心配にもなる。

わたしは目を覚ますと、まずは立ち上がる練習をする。足の裏から感じるひんやりとした冷たい木の感覚はやっぱりわたしの心を興奮させてくれる。

この冷たい感覚が、わたしの身体があるんだ……と実感させてくれる感覚だから。わたしはこの冷たい感覚が好きだ。

そんなことを考えながら身体の感覚を得られることが嬉しくてにこにこしていたら、パパが部屋までやってきてくれた。

「おはよう」

パパはわたしが自由に動けないのを知っているから、朝になると部屋に迎えに来てくれる。

パパは結構ぶっきらぼうで、冷たい印象だけど、わたしのことをきちんと気にかけてくれているのだ。

わたしはパパが用意してくれたベッドと鏡が置かれた部屋で寝起きしている。これはパパの寝起きしている寝室の隣であるというのが、この一週間の生活でわかった。パパはわたしが上手く身体を動かせないことを知っているから、そうして気を利かせてくれているのだ。

パパが起きる時間はまちまちだ。

規則正しくパパは起きてこない。それでもパパはわたしがいるからか、なるべく早く起きようとはしているようだ。

床へと座り込んでいたらパパが来たので、朝の挨拶をした。パパはわたしが挨拶をすると、「おはよう」と返してくれる。

「やっぱりまだ立てないか」

「うん……ごめん、なさい」

「謝らなくていい。ご飯食べるぞ」

「うん」

わたしはすぐにパパに謝ってしまう。

身体を奪われるということが起きてから、わたしは謝ることが結構癖になってしまっている気がする。自由に身体を動かせていた頃のわたしは周りの気持ちなんて考えてなくて、ただ好きなように生きていた。その頃のわたしは謝ったり全然してこなかったなぁと思う。

パパはわたしがごめんなさいと謝ると、いつも気にしなくていいとでもいう風に、頭をぽんぽんと叩いてくれる。

パパが慣れていない手つきで、わたしに接する。

パパはわたしのことを魔法で浮かせると、そのまま初めて食事を摂った部屋へと連れて行く。

ご飯はいつも決められたものばかりだ。

パパは料理に対してそこまでこだわりがないみたい。パパの用意してくれる料理も好きだけど、わたしが立ち上がって行動できるようになったら料理も習えないかなと思った。

公爵令嬢として生きてきたから料理なんて全くしてこなかった。そんなのわたしの仕事ではないと思っていたし、料理人にわたしは好きなものばかり作らせていた。

でも二年も食事を摂ることができなかったから、わたしは味が薄かったとしても、食事を摂れるだけでも嬉しいから。

一週間で少しずつスプーンの扱いは前よりできるようになった。まだまだスプーンを落とすときもあるけれど、そのときはパパが食べさせてくれた。

わたしは一人で動けないから、パパはわたしを家の中で連れまわしてくれた。パパは仕事という仕事を特にしていないようだ。パパは仕事をしなくても生きていけるだけのお金を持っているのかもしれない。

そう思うのは、パパに連れまわされる中で見かけるこの家の置き物などが公爵令嬢として生きてきたわたしの目からしてみても高価なものが多かったからだ。

パパは自分のことを魔導師と言っていたけれど、パパが結局何者なのかというのはよくわからない。何者？　と突然聞くのはおかしいと思った。でもたとえパパが悪魔とか悪い人だったとしても、わたしにとっては唯一の味方で、唯一わたしを見つけてくれた人だから。

「……普通の子供のように行動できているな」

パパは時々、わたしに視線を向けている。

それはわたしを観察するためのようだ。パパにじっと視線を向けられると少し落ち着かなかった。わたしはパパのために何もできていないような気になるけど、パパはわたしのことを観察しているだけでも満足のようだ。

食事の回数や起床時間など、わたしのことを記録して、ホムンクルスの中へと入ったわたしが普通に人として生きていけているのかというのを見ているのだ。今のところ、わたしの身体はまだ慣れていないから動かしづらいが、それ以外は問題がないらしい。

「パパ、次は、何する？」

パパはいつも研究ばかりしている。

「魔法の研究だな」

パパは魔法というものがとても好きらしい。というのはこの一週間だけでよくわかった。パパはわたしが理解できないような研究をいつもしている。わたしはお父様たちにこの歳にしては文字がきちんと読めていると言われていたけれど、パパの書く文字はよくわからないものが多かった。

なんと書いてあるかわかっても、意味がわからないものも多かった。

パパが言うには、パパが書いている文字は古代の文字や魔法文字と呼ばれるものも多いらしい。ますますパパがよくわからなくなった。

わたしはこの生活の中でパパに連れまわされてばかりだ。

パパが散歩をしたいと言えば、一緒に散歩に連れて行かれる。わたし一人を家に残しておくより、連れて行くほうが良いとパパは思っているのだろう。

この屋敷の外に初めて出たときは驚いたものだ。

わたしが現在暮らしている屋敷は高い山の上にあった。わたしが公爵令嬢として住んでいた屋敷は、平地にあった。わたしは山を遠目に見たことはあったし、話も聞いたことはあったけれど実際に山の上にいるのは初めてだった。

こんな山の上に屋敷を建てているパパは不思議な人だと思う。

山の上だというのもあって、外の雰囲気も全く違う。

わたしは公爵令嬢だったとき、限られた場所しか行ったことはなかった。だからこういう自然豊かな場所は危険も多いし、足を踏み入れたこともなかった。お父様もお母様もわたしに対して過保護だったから。

それにしても山の上の空気は、とても気持ちが良い。

「パパ、屋敷、見えない」

「周りから見えないように魔法をかけているからな」

しかもパパと一緒に屋敷から少し離れれば、振り向いてもわたしは屋敷の場所が確認できなかった。驚いたことにそれもパパの魔法らしい。こんな魔法を使えるなんてやっぱりパパは凄い。

それにしても本当はそこにあるはずなのに、そこにあることがわからないなんて不思議な魔法だと思う。

「パパ、凄い」

わたしは素直にパパが凄いなと思って、この始まったばかりの新しい生活の中でいつもパパ凄いと口にしていた。パパは凄いと口にされると照れているのか、反応に困っているのか、少しだけそっぽを向く。

そんな表情のパパを見ると、わたしは小さく笑ってしまった。

「パパ、ここってどこ」

「ここか？　ここはイルマー山だな」

「名前聞いてもわからない」

「だろうな。お前を見つけた場所よりもずっと遠い場所だ」

「そっか」

わたしはパパの口にしたイルマー山という単語を知らなかった。わたしの勉強不足なのか、それともよっぽどわたしの住んでいた屋敷から離れているのか。今度、地図でも見させてもらおうか。

パパは必要以上に言葉を語ることはない。わたしが聞けば教えてくれるけれど、パパは自分から色んなことを語らない。

この山をパパに連れられて見て回ると、わたしが見たことがない景色が沢山広がっていた。わたしはあまり外に出たことがなかった。屋敷の中だけでわたしの世界は完結していたから、こうしてわたしが見たことのなかった山の景色を見られることにわくわくした。

「わぁ……素敵な匂い！」

草花の匂いというのを初めてこんなに間近で嗅いだ。

自然の匂いを嗅げることがわたしは嬉しかった。ベルラだった頃にこうやって地面に顔をつけて草花の匂いを嗅ぐなんて考えたこともなかった。

「匂いを嗅ぐのがそんなに楽しいのか？」

「うん」

身体から離れていたとき、なんの匂いも嗅ぐことができなかったから。

お肉やお魚の匂いや木の匂い――そういった何気ない匂いも、少しだけ臭い匂いだってなんでもわたしにとって匂うということが奇跡なのだ。

パパはごろごろと草花の上ではしたなくも寝転がっているわたしを呆れたように見ている。

でもパパはわたしの好きにやらせてくれるのだ。

「ま、魔物⁉」

「そんなに怯えなくていい。俺がいるからお前に脅威はない」

「……そ、そっか」

魔物と呼ばれる恐ろしい生き物も初めて見た。

聞いたことはあったけれど、見たことがなかった。魔物には様々な姿をしたものがいるみたいで、わたしが初めて見た魔物は四足歩行の猫型の魔物だった。

それから見かけた魔物の中には、わたしの身体よりも大きい魔物も沢山いた。

恐怖を感じるよりも先にパパが退治していた。パパが強くてびっくりした。でもこれだけ強くなければそもそもパパはこんなところで生きていくことなどできないだろう。パパは強いからこそ、ここにいるのだと思った。

初めて魔物を見たのと、パパが一瞬で魔物を倒したのを見てわたしはぽかんとした。

そのとき、パパはわたしが怖がっていると思ったのか、わたしに「大丈夫か」と聞いてくれた。

「お前は動けるようになっても魔物をどうにかできるようになってから外に出ろよ。俺がいるときは守ってやれるが、いないときは危険だからな」

「うん、ありがとう」

パパはパパがいれば問題ないのだと、そう口にしてわたしを見る。わたしへの接し方を戸惑って、その態度はぶっきらぼうだ。でもパパは優しいなと思う。

パパとの穏やかな日々はそうやって過ぎていく。

「ねぇ、パパは……いつからここ？」

わたしはあるとき、問いかけた。

相変わらず言葉が拙くて、もどかしい。わたしはパパにもっとちゃんとした言葉で口にしたいのに。心の中では幾らでもしゃべれるのにな。

そんなことを思いながら問いかけた言葉は、わたしとパパの過ごしているこの屋敷が年季の入った建物に見えたからだ。

この屋敷はいつからこの場所にあるんだろうか。パパが住む前は誰が住んでいたんだろうか。

「いつからかなんて覚えてない。百年か、二百年前か？」

「へ？」

パパが何か実験をしながら簡単に答えた言葉に、わたしは驚いた。

百年か、二百年？

パパは冗談を言っているのだろうか。それとも十年、二十年の間違いなのだろうか。そう思いながら椅子の上からパパをじっと見る。パパはその視線を感じたのか、わたしの方を向いてくれた。

「何を驚いてる？　俺は魔導師だからな。もう数百年は生きてるぞ」

「魔導師、何？」

ずっと聞きたかった名称にわたしはパパに問いかける。

「魔導師はその名の通り、魔を導く者だな。魔法を誰よりも知っている存在といえるかもしれない。魔導師と呼ばれるほどに魔法に長けている者は、大抵寿命なんてないに等しいぞ」

「凄ぃ!!」

どうやら魔導師と呼ばれる存在は、人よりも寿命が長くなっている人が多いみたい。目の前のパパもとても綺麗で、若いお兄さんなのに……わたしよりもずっと長生きしているみたい。

びっくりして、凄いなって、思わず前のめりになってしまった。それからちょっとはっとする。研究中に急にこんな風に声をあげてしまってパパは嫌な気分になったりしなかっただろうか。

そう思ってパパを見れば、パパは特に気にした様子はなかった。そのことにわたしはほっとする。

「パパ、ずっと一人？」

随分長い間、パパがここで暮らしていることはわかった。ここには人がやってくる気配がない。それを見ると、パパはずっと一人だったのだろうかとわたしは疑問に思った。

一人は寂しいものだ。わたしは一人ぼっちだと悲しくて、泣きだしそうになる。でもパパはずっと一人で寂しくないのだろうか。

「そうだな。自分から出かける以外はずっとここに引きこもっているからな」

「寂しくない？」

「別に。俺は好きで一人でいるからな」

「……パパ、わたし、いないほうがいい？」

「そういうことではない。お前は俺が連れてきたのだから。それにお前は面倒じゃないから」

一人が好きだと言うパパ。でも今はわたしがいて、いないほうがいいのではないかと思わず口にしてしまう。パパは軽くそれに答える。

パパの言葉は、嘘がない。パパは本音で語る。――そんなパパの嘘をつかないところが好きだなぁと思う。

「パパ、結婚したことある?」

「……何を気にしてるんだ?　ないな」

「子供は?」

「いない。……いや、今はお前一人か」

パパは長く生きていても誰とも結婚をしたことはないらしい。そして子供はわたしだけらしい。

それにちょっとだけ嬉しくなった。パパがわたしだけのパパなんだっていう独占欲を感じているからなのかもしれない。

「そっか」

笑ったわたしのことをパパは不思議そうな顔で見ていた。

パパにとってみれば、わたしが子供みたいなものでも、取るに足らない存在だというのはわかる。

パパはただわたしを使おうとして連れてきただけで、娘と言ってくれていても、家族がわたしを可愛がってくれていたような感情はないというのはわかる。

わたしはこの短い期間でもすっかりパパのことが大好きになっていた。刷り込みのようなものなのかもしれない。パパだけが見つけてくれて、パパだけがわたしに未来をくれたから。

例えばわたしはパパ以外がわたしを見つけてくれても、ホイホイついて行って、慕ったかもしれない。でもわたしを助けてくれたのはパパだから。

パパにわたしを好きになってもらうためにはどうしたらいいのだろうか。パパの役に立つためにはどうしたらいいんだろうか。

考えてもあまり頭にいい案は浮かばない。
それにどちらにせよ、わたしの身体がもっと動くようにならないとパパを喜ばせることはできない気がする。今のわたしは何もできないから。パパはわたしを観察しているだけでも満足だと言うけれどわたしはパパのために何かをしたい。

パパがわたしのことを自慢の娘だと言ってくれるように。パパがわたしのことを大好きになってくれるように。そのためにわたしは行動を起こそうと思う。

まずは、立ち上がることが第一。

立つことができれば、歩くこともきっとできる。ただこの身体が動いてこなかったからこそ、こうして今動けない。けれど頑張れば、歩けるはずだ。

歩けるようになったらパパのために行動をしたい。そんな目標をもとにわたしはより一層身体を動かす練習に励むのだった。

パパは一生懸命立ち上がって、歩こうとするわたしを見て「そんなに急がなくていい」と言ってくれた。けれどもわたしはその言葉に「大丈夫」と口にして、練習を続けた。

そしてようやく満足に歩けるようになったのは、新しい身体を得てから一か月ほど経ったときだった。

幕間　身体を奪ったあの子　①

「ベルラ、おはよう」

「おはようございます。お兄様」

私の名前は、ベルラ・クイシュイン。

栄えあるクイシュイン公爵家の長女だ。

お兄様がにこにこと笑いながら私に挨拶をしてくれたので、私も挨拶をする。そうすればお兄様は笑みを深めてくれる。

両親や使用人たちと挨拶を交わして、家族で会話を交わしながら朝食を摂る。

家族たちは嬉しそうに笑いながら、私の話を沢山聞いてくれる。貴族の家だと家族の関係が破綻していることも多い。それをよくわかっているからこそ、家族の仲が良いことは私にとって嬉しい。

ただ私にはそんな仲が良い家族にも明かしていない秘密がある。

それは私が異世界――地球の日本と呼ばれる場所からの転生者であるということだ。

私がベルラ・クイシュインとして目覚めたのはベルラが六歳のときである。

最初は戸惑いも大きかったけれど、私は今すっかりベルラとして生きている。

それに私はベルラのことを、こうしてベルラとして生まれ変わる前から知っていた。というのもベルラ・クイシュインは私が生前プレイしていた乙女ゲームに出てきた存在だった。

乙女ゲーム――プレイヤーがヒロインを操作して、攻略対象である男性たちを恋に落としていくというシミュレーションゲームである。

前世では乙女ゲームの世界への転生物の漫画やライトノベルがとても流行していた。その結果、そういう漫画やライトノベルのストーリーに出てくるような悪役令嬢を登場人物にした乙女ゲームも実際に発売されていた。

乙女ゲームには悪役令嬢が本来は居なかったらしいが、漫画やライトノベルの影響でそういうゲームが売れると確信した結果なのだろう。そういうわけで、私が転生したこの世界は私が前世で遊んだ乙女ゲームの世界なのだ。

『ライジャ王国物語』という特に代わり映えもないタイトルだったが、その内容が濃く、それなりに有名だった乙女ゲームだ。

何を隠そう、その乙女ゲームの世界の最大の悪役令嬢こそベルラ・クイシュインだった。

クイシュイン公爵家の長女で、『ライジャ王国物語』のメインの攻略対象である第一王子の婚約者である。

燃えるような赤い髪と、水色の瞳を持つ美しい少女だった。

私が知っているベルラ・クイシュインは女性らしい身体つきをした、まさにボンキュッボンと言える妖艶な女性だった。吊り上がった瞳と顔立ちで、見た目はかっこいい美人さんだった。

とはいえ、ゲームの世界では公爵家で甘やかされて育ったベルラ・クイシュインは我儘放題で気に食わない相手に容赦などしない存在だった。そして自分の婚約者に近付くヒロインを気に食わないと言って、虐めつくすのだ。流石権力者と言うべきなのか、このベルラ・クイシュインはその権力を使い相手を追い詰めていく。その結果、最終的に婚約破棄や国外追放といった破滅が待っている。

現実的に考えれば公爵家令嬢にそんな罰を与えるというのはあり得ないが、そのあたりはゲームである。また流行っている漫画やライトノベルでそういう設定が多かったからそういう乙女ゲームにしたとファンブックに書かれていた。

このベルラ・クイシュインは『ライジャ王国物語』の中でも一番の悪役令嬢である。他のライバルキャラには救済があるが、ベルラ・クイシュインへの救済はゲームではなかった。

……私はそんな破滅を約束された悪役令嬢に転生してしまったのだ。

そのことにはショックを受けたけれども、六歳のベルラ・クイシュインとして目覚めたことは良かったと言えるだろう。我儘さは出ていたものの、まだ六歳ならばやり直せる。

私はこの二年の間に、いかにフラグを折るかを考えて行動していた。

生まれ変わってしばらくの間、身体が上手く動かないのは予想外だった。生まれ変わりの衝撃なのか私の身体の調子は一年近く悪かった。そのためフラグを折るための行動も一年間はあまりできなかった。そんな設定あったっけ？　と驚いたものの今はすっかり健康体でほっとしている。

フラグを折るためにどうしたらいいかと考えた結果、私はゲームのベルラ・クイシュインと異なるように――我儘にならないようにすることにした。前世の私は社会人だったからそれは簡単だった。

私には六歳までのベルラ・クイシュインの記憶はなかったが、それでもまだ六歳だったからどうにでもなった。

ゲームに登場していなかった背景キャラクターたちについては少しずつ覚えていった。そして急に変わってしまったと嫌われてしまわないように家族や侍女たちとの仲を深めていくことにした。

自分がフラグを折るために――という気持ちで私は行動していたけれど、私はこの二年ですっかりこの家族たちが大好きになって、この家のことも大切になっていた。ここが乙女ゲームの世界であることは確かだろうけれど、ここは現実だということもこの二年で十分理解した。

ただ現実だったとしても乙女ゲームのような結末を迎える可能性もあるので、折れるフラグは折ろうと思っている。

朝食を摂り終えた後、お兄様に声をかけられる。

「ベルラ、今日は何をするんだい？」

「今日は本を読みますわ」

「ベルラは二年前から本当に勉強熱心になったね。そんな君は僕にとっての自慢の妹だよ」

お兄様の言葉を聞きながら、どうして乙女ゲームの中のベルラは、こんなに優しいお兄様や可愛がってくれるお父様やお母様が居たのにあんな風になったのだろうかと思った。

甘やかされたからとはいえ、こんな素敵な家族がいたのならばもっと家族たちにとって誇らしい自分であろうとしなかったのだろうか。

前世の私は両親が幼い頃に亡くなっていたから、今世でこうして家族に甘えられることが嬉しかった。気付いたときには、大切な人がいなくなっているということはよくあることだと私は前世の記憶で知っている。

今世で私がベルラだと知ったときは、どうしてベルラなんだろうとそんな風に考えていた。けれど、こんな素敵な家族のもとへ私がやってこれたことには、神様ありがとうと思ってやまない。

——こんなに素敵で優しい家族を悲しませないためにも、私は立派な淑女になろうとそう心がけるのだった。

——家族のために頑張ろうと決意している私は、私のせいで悲しんでいる人がいるなんて欠片も考えていなかった。

第二章　パパとの暮らしとお出かけ

「んー、いい天気」

　パパに見つけてもらって、新しい身体を得て、ベルレナという名前をもらってから一か月が経過していた。一生懸命練習をして、わたしはようやく自由に歩けるようになった。

　立ち上がることができること、歩くことができること——それがわたしにとっては嬉しかった。パパはわたしが立ち上がるようになったとき、「良かったな」と言ってくれた。

　パパはわたしが上手く歩けるようになるまで毎日、わたしを連れまわしてくれていた。その間にわたしは見たことのないものを沢山見ることができて、やったことのない経験を沢山させてもらった。

　公爵家にいた頃には知らなかったことを、この一か月で沢山知ることができた。こんな日々を送ることになるとは思っていなかったなぁと思った。

　わたしの最近の日課は、起き上がって窓の外を見ることだ。わたしの与えられている部屋には外を見ることができる大きな窓があるのだ。その真っ白なカーテンをあけ、窓を開けると、気持ちいい風がわたしの素肌を通り抜けていく。その風の感覚に、ただ笑ってしまう。

　こういう風の感触さえも、わたしにとっては大事なものだ。二年間、風さえも感じられなかったから、嬉しいのだ。

　わたしの部屋は、この屋敷の二階に位置している。パパの屋敷は二階建てで、わたしとパパの二人で住むには広すぎるほどだ。

パパが日常で使っている部屋数はそこまで多いわけではないけれど、パパには収集癖があるみたいで、パパの集めたよくわからないものが使っていない部屋に放置されていた。

その色んなものが放置されている部屋もパパと一緒にのぞいたことはあるけれど、何が置いてあるのかさっぱりわからなかった。

たった一か月ではパパのことを全て理解することはできないけれども、それでもわたしは少しずつパパのことがわかるようになっていた。

「〜〜〜♪」

わたしは風を感じながら、歌を口ずさんでしまう。

それは昔お母様が歌ってくれていた歌だ。題名は覚えていないけれど、わたしはその歌を気に入っていて、何かしているときに歌っていたものだ。

二年間は歌を歌うこともできなかったから、今は沢山、歌を歌ってしまう。

今のわたしの声と、前のわたしの声は違う。

最初は自分の口から洩れるその声の違いに戸惑いもあったけれど、一か月も経てばこの声にも慣れてくる。喋ることも一か月、ずっと練習していれば前よりも上手になった。この身体は相変わらずまだ万全とは言えないけれど、それでも時間が経てばわたしは元気に動き回ることができるだろう。

わたしはしばらく歌を歌って、その後、パパを起こしに向かうことにした。

パパは……わたしを拾った当初はわたしが動けないからと気を遣ってくれていて、だいぶ無理をしてきちんとしようとしてくれていたようだ。

わたしが歩けるようになってからわかったことだが、パパはだいぶおおざっぱな人だった。わたしが起こしに行かないと、パパはいつまでも寝ていたりするのだ。

歩けるようになってしばらく経って、「パパ中々起きないなぁ、いつ起きるかな」と待っていたらパパが起きてきたのは夕方になってからだった。

パパが起きるのを待って、ご飯も食べていなかったわたしにパパは「勝手に食べていい」と呆れた表情だった。

パパはいつも自分が起きたいときに起きて、寝たいときに寝るというのんびりとした生活を送っているのだ。

わたしはパパに面倒を見てもらっている身で、最初はパパに意見なんてして嫌われるべきではないと思っていたけれど――、あまりにもパパが起きないのでわたしはあるときからパパを起こしに行くようになったのだ。

パパは初めてわたしが起こしに行ったとき、不機嫌そうで……嫌われたかなと不安になったが、それは寝起きだからだったようで、起こしたいなら起こせばいいと言ってくれたのだ。

そんなわけでわたしは今日もパパを起こしに行く。

わたしの部屋の隣にあるパパの部屋の扉を開ける。

「また、ちらかってる」

パパの部屋は汚い。

パパが寝る前に読んでいた書物が転がっていたり、飲みかけの珈琲の入ったコップが置かれていたり、脱いだ服がそのままにされていたり……。パパは片づけを面倒だと思う性格らしかった。

屋敷自体はそれなりに綺麗な状態を保っているらしいが、パパの部屋に関しては結構、物が散乱しがちだ。わたしはパパの部屋をこの前掃除したのだが、また物が色々溢れている。

ただ埃などはない。それはパパが屋敷にかけている魔法の効果らしい。

「パパ！　朝だよ」

「……ん」

わたしが大きな声をあげても、パパは夢の世界に旅立っている。

パパは寝起きが悪い。わたしが何度起こしても中々起きない。こんなに寝起きの悪い人が、わたしが歩けない間は一生懸命はやく起きようとしてくれていたのだと思うと、嬉しかった。

「パパ」

わたしは床に散乱している物を踏まないように歩きながらパパのベッドに近付く。パパのベッドは一人ではもったいないぐらいに大きい。これはただ単にパパが快適なベッドで眠りたいからというのが理由らしい。パパは眠ることが好きなのだ。

「パパ、朝だよ。起きて。一緒に朝食、作ろう」

動けるようになったら美味しい料理を作りたいと思っていたわたしだが、公爵令嬢として生きてきたわたしは料理の仕方などわかっていない。そんなわけで「料理をしたい」と言ったわたしにパパは一緒に食事を作ってくれることにしたのだ。

パパは魔法の扱いがとても上手いから魔法でなんでもできるのだが、わたしに料理を教えるためか魔法を使わずにちゃんとパパ自身が一緒に料理をしてくれている。

「パパ!!」

何度かパパの身体をゆすって、呼びかければ、ようやくその瞳が開いた。

そのお月様のような黄色の瞳が、何事だとでもいう風に視線をさ迷わせる。そしてわたしの瞳と合う。

「……ベルレナか」

「朝だよ、パパ」

「ん」

「寝ない！　朝だよ、パパ!!」

「……俺の中ではまだ夜だ」

「パパの中ではそうでも、今は朝!!」

パパはもっと眠りたいらしく、子供みたいに駄々をこねる。寝起きのパパは見た目よりも子供っぽい。パパはわたしよりもずっと長生きをしていて、わたしよりもずっと大人なはずなのにこういうところはわたしよりも子供なように見えた。

パパはようやくむくりと身体を起こす。その綺麗な白い髪がボサボサになっている。パパの寝相はあまりよくないようなのだ。起きるといつも寝ぐせがひどい。

「……ベルレナ。おはよう」

「パパ、おはよう」

パパはまだ眠たそうだが、わたしの方を見ておはようと挨拶をしてくれた。わたしも笑顔でその挨拶に返事をする。

その後、パパは魔法を使って顔を洗ったり、寝ぐせを直したりした。なんとも贅沢な魔法の使い方だが、パパにとってこのくらい朝飯前らしい。パパ凄い‼　とわたしはそのたびに思う。

「パパ、朝ごはん、準備しよう」

「ああ」

パパは起き上がると、台所へと歩きだす。そのときにパパはわたしの歩くペースを考えて、ゆっくり歩いてくれる。わたしは歩けるようになったとはいえ、まだ走れるほどではないのだ。パパのその心遣いに、なんだかんだ優しい人だよなぁと思う。

パパと一緒に台所にたどり着く。

台所でパパと一緒にパンを焼いたり、炒め物をしたりする。パパの料理は大体焼くで終わることが多いらしい。あとは適当にスープを作るとか。

パパはわたしに教えるために魔法を使わずそれらをやってくれた。わたしが将来的に魔法が使えるかどうかはわからないけれど、今は魔法を使えないから魔法なしでの料理を教えてくれているのだ。

わたしもいつかパパみたいに魔法を使えるようになるかな。でもたとえ魔法を使えるようになったとしてもちゃんと自分の手で料理の練習はしておきたいな。もしかしたら魔法が使えるようになったとしても料理で使えない場合があるかもだし。

それに料理みたいな日常的なことに魔法を使えるのはパパだからだと思う。限られた世界しか知らないわたしにだってそのくらいはわかる。

「パパ、手先器用だね」

「生まれつきだな。お前も慣れない割にはちゃんとできているな」

パパの手先が器用で、凄いなぁと思った。パパは魔法が得意だったり、手先が器用だったり、本当に色んなことができて凄い。パパはわたしのことを慣れてない割にはちゃんとできていると褒めてくれたけれど、もっとパパの役に立てるようになりたいな。

朝食を食べた後は、パパは魔法の研究をするとのことなので、わたしは邪魔にならないように屋敷の書庫に向かった。

この屋敷にはパパが集めた書物を保管する書庫があり、そこには沢山の本が並んでいるのだ。わたしは初めてそれを見たとき、驚いたものだ。

この屋敷の中には触れると危険なものもあるらしく、そういうものに近付かないようにわたしはパパに注意されている。

どこが危険かというのはパパから事前に聞いているけれど、パパが覚えていないだけで危険なものもあるかもしれないそうなので……わたしはパパに事前に行く場所を告げるようにしている。

「やっぱり、沢山」

公爵家にも書庫はあった。お父様が集めた書物が結構あって、わたしはそこに顔を出すのが好きだった。だってお父様はよく書庫にいたから。

わたしは忙しいお父様が書庫にいるときは時間があるときなんだと覚えてからはいつもそこに向かっていた。本を読むのが好きというより、お父様に会いに行っていた。

そんなことを思い出してわたしは少し悲しくなった。

お父様のことが大好きだった。お父様はわたしのことを可愛がってくれていると思っていた。だけれど、お父様はわたしじゃないあの子がわたしの身体を使っていることなど気付いてくれなかった。

わたしはそこまで考えて、首を振る。

今のわたしはもっとしなければならないことがある。考えても仕方がないことよりも、パパのために動かないと。

パパはわたしを嫌っているわけではない……と思う。だけれどパパにとって自慢の娘になれてはいないだろう。わたしはパパの自慢の娘であらねばならない。……パパに嫌われてこの場所を追い出されないようにしないと。

そんな決意を胸にわたしは書物を手に取る。

わたしの今の身長は前のわたしよりも少しだけ低い。その身長で手を伸ばして、気になった本を読む。とはいえ、わたしがわからない文字で書かれているものもあって、そのあたりはわたしも勉強中だ。

パパに我儘だと言われたくないので、自力で学ぼうと思っている。

「ん～」

でも正直言って知らない文字を学ぶのは難しい。

パパは長生きしているからか、色んな言語で書かれたものがここにはあるのだ。

わたしは最近書庫にいつもいる。時間があるときは書庫にいて、こうやって本を読んだり、文字を学んだりしているのだ。それにしてもパパの書庫は昔の本も沢山あって凄いと思う。

あとはわたしの身に起きた神の悪戯に関する書物も見つけて読んでみた。

パパの持っていたその書物は、過去にわたしと同じように身体から追い出されてしまった人の日記だった。

突如として自分の身体が奪われ、一か月ほど魂のまま彷徨っていたらしい。しかしその一か月後に幼馴染みの少年が本人ではないことに気付き、身体に戻り、そしてその人と結婚したという……ラブストーリーだった。なんていうロマンス。

『私の身に起きた事象は、神が行ったようなものだ。まさしく神の悪戯と言える所業。彼がもし気付いてくれなかったら、あの私ではない人が私として生きていったことだろう。それはとても恐ろしい話だった』

わたしもこの日記を書いた人の気持ちがよくわかる。

わたしは気付いてもらえなくて、あの子が、ベルラ・クイシュインとして生きている。きっとこれからも誰もわたしが居なくなったことに気付かずに、あの子がベルラ・クイシュインである時間が長くなるのだ。

『私は神の悪戯の被害者が他に居ないか周りで探した。でも見つけられなかった。そういう人は見つけられなかった。でも世の中では確実に私の身に起きたことが起きている可能性がある。もしこれを見ている人の周りで突然人が変わった人が居たのならば気を付けた方がいい。もしかしたら神の悪戯が起き、中身が別人になっているかもしれない』


この神の悪戯と呼ばれている事象は、神様が行うようなことだからそう呼ばれているだけだ。

実際にはなんの力が働いて、どういった偶然でそれが起こるのかはここには書いていなかった。それに関してはパパもわからないって言っていた。

パパもそういう事象があることは知っていても、その実例にあったのはわたしが初めてだからって。

わたしももし、同じように苦しんでいる人がいるのならば、消えようとしている人がいるのならば気付いてあげたいって思う。

結局昼食の時間になるまでわたしはずっと書庫にいた。

「ベルレナ、昼食は作らなくていいのか」

「作る」

パパに呼びに来られるまでわたしは昼の時間になっていたことに気付いていなかった。パパから言葉をかけられ、ぐぅうとお腹が鳴った。少しそのことが恥ずかしくなった。

その後、パパと一緒に昼食を作った。お昼に作ったのは、野菜がたっぷり入ったスープである。わたしが野菜を切ったの！　ベルラだった頃は野菜が嫌いだったけれど、今は好んで食べていたりする。あとは今朝、多めにパンを準備していたのでそのパンを食べた。

パパと一緒に昼食を作ることも楽しかった。

「パパ、今日ね、窓の外から綺麗な鳥が見えたの」

「そうか」

「うん。とっても綺麗でね、風景も含めて絵画の一つみたいだったの！」

パパはあまり自分から喋らないから、わたしからご飯を食べている間、パパへと話しかける。パパはそれに答えてくれる。

ただそれだけのことでもわたしにとっては嬉しくて、あの二年間の悲しかった日々を忘れさせてくれるものだった。

「ベルレナ。散歩行くか？」

「うん」

あとパパはわたしをよく散歩に誘ってくれる。

パパは散歩をするのが結構好きなのかなと思う。わたしが断ったとしても、パパは一人でふらりと散歩することがあるから。でも最近パパがわたしを散歩に誘うのは、わたしのことを気にかけてくれているからだと思う。

パパと一緒に外に出る。

自分の足で、地面を踏むというただそれだけのことが嬉しい。わたしは裸足である。公爵令嬢としてこんなことをやったらはしたないと言われただろうけれど、わたしは裸足で地面を歩くことが楽しかった。

そもそもこの家にはわたしの足に合う靴がない。服だってパパがホムンクルスのために用意した、今着ているこの無地のワンピースしかない。パパが魔法を使ってくれるから全然汚くはないけれどね。

ゆっくりと地面を歩くわたしに合わせて、パパもゆっくりと歩いてくれている。パパはわたしがこけそうになったら手を伸ばしてくれる。繋いだパパの手は温かくて、わたしはずっと繋ぎたくなったぐらいだった。

外は山の上だというのもあって少し肌寒い。けどわたしはパパが魔法をかけてくれているから、寒くはない。

「パパ、この花、綺麗」

「ああ。綺麗だけど気を付けろよ。幻覚効果のあるものだからお前なんて簡単に幻覚を見せられるぞ」

「えっ」

わたしはパパの言葉に驚いた。

だってこんなにも綺麗な赤い花弁の花が、幻覚を見せるだなんて信じられなかった。

花冠にしたら綺麗かな？　可愛いかな？　とそんな風に呑気に考えていたので、そんな危険な花だと思わなかった。

「この花はそういう効果があるようには思えないだろう？　それがこれの特徴だ。虫型の魔物が蜜を目当てに寄ってきたら幻覚を見せる。で、この花がある所にはあの魔物がいるんだ」

パパが指さした方を見たら、そこには二足で立つ茶色の毛を持つ魔物が居た。パパが言うにはそれはリッチィベアというらしい。

それにしても見た目はどんなに可愛くても、そういう植物があるんだなとびっくりしてならない。ちなみにリッチィとはあの赤い花の名前だそうだ。

これからも可愛いからとかで油断しないようにしないとね。

「リッチィが幻覚を見せ、魔物が倒れたところをあいつが食らう。で、あの花のほうはあいつのおかげで踏みつぶされることもなく、種を運んでもらったりして生存ができている」

「へぇ……不思議」

「ああいう共生関係にあるものは自然の中にはそれなりにいるぞ。この山はお前みたいな子供だとすぐにやられてしまうこともあるから、下手に出歩くなよ」

「うん。わたし、パパの言う通りにする」

わたしはパパの言葉に頷いた。

わたしはパパの側じゃないと、この山を自由に歩くことさえもできない。そのことは十分にわかっている。

パパは素直に頷くわたしを見て、頭を撫でてくれた。

パパはなんと言っていいかわからないとき、とりあえずわたしの頭を撫でる。わたしはそうやって撫でられると嬉しくなってしまう。

散歩から帰れば、わたしはまた書庫へと籠り、書庫で見つけた料理の本を読んだ。ここには色んな本があって、この書庫は本当に楽しいのだ。

そしてまた夕食の時間にはパパと一緒に料理を作って、食べる。それが終わればお風呂に入る。

驚くことに王侯貴族しか入れないと言われているお風呂がこの屋敷にはあるのだ。お湯も魔法で出しているんだって。パパはお風呂に入るのが好きらしい。

最初身体が動くようになってからわたしは一人でお風呂に入ろうとしたけれど、途中で倒れてしまったから、それからはパパと一緒にお風呂に入っている。

お風呂の鏡に映るわたしとパパは、見た目だけで言うのならば本当の親子のようだった。

身体がパパの娘と言えるかもしれないけれど、わたし自身は正確にパパの娘というわけではないけれど、パパと似ているんだと実感すると嬉しかった。

そしてお風呂に入った後、わたしは髪を乾かして、眠りについた。


「んー、難しい」

身体を動かせるようになって、また二か月ほど経過した。

わたしは今日も書庫にいる。

この屋敷の書庫には沢山の本が溢れていて、何回来ても楽しい。多分、全ての本を読み終わるにはそれはもう沢山の時間が必要だろう。ううん、もしかしたら一生をかけても読めないぐらいかもしれない。パパはこの全てを読んでいるのだろうか。

二か月間、わたしとパパの生活は変わり映えしない。変わったことといえば、パパに話を聞くことで、パパのことをこの二か月でもっと知れたということくらいだ。それが一番嬉しかった。

わかったことが沢山ある。

パパはやっぱり凄い魔法使いだということ。パパは昔、とある国で偉い人だったということ。パパはキノコがあまり好きではないこと。そういう些細なことが、少しずつわかってくる。

詳細までは知らないけれど、パパが昔偉い人だったというのは納得できた。それにしても魔導師として力があり、昔はそれなりの立場にいたパパがどうしてこんな誰も来ない場所にいるのだろうか。

多分、パパは今からだってやろうと思えばそういう立場に就くことができるだろうと思う。

だってパパは寝起きとか、普段の様子はだらしない部分もあるけれど、その動きが美しいと思えるときが所々あったから。パパの育ちの良さ？　みたいなのがなんとなくわかるというか。そういうのをわたしは感じていたから。

料理はこの二か月でわたし一人でもできるようになった。パパと一緒にたまにはまた料理をしたい……と思うこともあるけれど、わたしはパパに我儘を言わないと決めているので、そういう願望は口にしない。

それにパパはわたしの料理が危なっかしいから一緒に料理をしてくれただけで、わたしと料理をするのが楽しかったというわけではないのだ。

まだ作れる料理の種類は少ない。

わたしはベルラ・クイシュインだったとき、あれは嫌い、これは食べたくないと我儘ばかり言っていた。あの頃のわたしにとって自分が食べたくないものを食べたくないと言うことも、その料理を捨てることも、自分が好きな料理を出してもらうことも――すべて当たり前だった。

でも今、自分の手で料理をしてみて、料理人って凄い人なのだって知ることができた。屋敷の料理人は、わたしたち家族が飽きない、美味しいという料理を毎日出していたのだ。美味しいものを沢山食べてきたお父様とお母様が美味しいと言う料理を作っていたというだけでも、今のわたしには凄いことだった。

パパは料理は食べられればなんでもいいと思っているところがあるけれど、わたしはパパに美味しいと言ってもらえる、パパが喜んでくれる料理を作りたい。そういう思いがあるから、書庫で作り方を読んだり、パパに食料庫の中に入れてもらってどれとどれを組み合わせたら美味しい料理ができるかなどと試行錯誤したりしている。

パパの食料庫は凄い。見た目は小さく見えるのに、中は広い。これはパパがそういう空間を操る凄い魔法を使っているからこそらしい。しかもこの中にあるものは腐らないらしいのだ。

どうやってそんなことをやっているのかはわからないが、とりあえずパパが凄いということだけはわかる。

その広々とした食料庫で食材を探すこともわたしにとっての冒険だった。

何があるのだろうとわくわくしながら食材を探し、その日その日で料理を作る。時々失敗してしまうこともあった。そのときもパパは怒らなかった。ただ「しょっぱいな」とか言いながら別のものを食べたり、調味料をかけて美味しくなるようにアレンジしていたりしていた。あとは食べられるならいいと失敗作を食べてくれたり――。

パパのためにも美味しいものをわたしは作りたい。幸いにも食料庫の中には沢山の食材があるから、本で見かけた料理も再現できるのだ。……味まで再現できているかはわからないけれど。

＊＊＊

「んー……この意味、わかんない」

わたしは言葉の勉強をしている。

わたしの知らない言語。わたしの生まれ育った国ではない場所の言葉。それは結構難しかった。まだ近くの国の言葉だと、わたしの知っている言葉と似ていてわかりやすかったけれど、全く意味がわからない、今使っているものと違う言葉で書かれたものもあるのだ。

パパはこれらの言葉を全部読めるのだという。やっぱりパパは凄い。

パパは今日も一人で何かをしている。わたしはパパが実際に何をしているのか、もっと眺めてみたい気持ちもある。

そして魔法……パパに習ってみたい気持ちもある。だけどやっぱりそういう我儘をパパに言うのは言いにくくて。だからこそ結局わたしは昔からやってみたかった魔法の練習もまだできないでいる。

一人で魔法の練習をすることはできる……けれど、昔家族に言われた「魔法は危険だから大人がいるときにやらなきゃいけないよ」という言葉を覚えているから。だから魔法に関する本を見かけて、読むことはしてもひっそり魔法を使うことは躊躇《ためら》われた。

この書庫には魔法に関する本が多い。それはパパが魔法のことが大好きだからだろう。魔導師と呼ばれる、魔法が得意な人はこういう書物を沢山読んで、魔法に詳しくなっていくのかもしれない。

そんなことを思っていると、昼の時間がやってきた。

パパに規則正しく生活をしてもらうためにも、ちゃんと昼食も決まった時間に作ろうとわたしは心がけている。

だってパパときたら最近ではわたしが呼びに行かないと、全然ご飯も食べないのだ。そもそもわたしが料理を作らなきゃ保存食のようなものをポリポリと食べていることもあるのだ。

そんなわけでわたしは台所に向かい、食料庫へ向かう。食料庫は台所から繋がった扉の先にある。どういう仕組みなのかはわたしにはさっぱりわからないけれど、広々とした空間が広がっているのだ。

そこは沢山の食材がひしめき合っていて、まるで食材の迷宮みたいだって思っている。

広々としていて迷子になりそうだけど、ちゃんと出口の目印はあるので問題はない。

初めて入ったときは、出られなくなるんじゃないかとか不安になったけれどね。でもパパがわたしが食料庫で迷子になっても見つけてくれるって言ってくれたからきっと大丈夫なの。

食料庫では食材の分類ごとにエリア分けされている。あと移動しやすいように動く地面だったりするの。やっぱりパパの魔法技術は意味がわからないと思う。

その先でわたしはお肉などの材料を入手する。少しずつ食料庫のどこに何があるかはわかるようになってきたが、まだまだ謎に満ちているのがこの食料庫である。

わたしはいつかこの食料庫が自分の庭だと言えるぐらいに、食料庫のことを知りたいと思っている。

食料庫から出るとわたしはお肉に塩を振って、焼く。

火を熾《おこ》すのもパパが魔法具と呼ばれる道具を導入しているおかげで簡単だ。簡単な操作でボワッと火が現れるからわたしは最初驚いたものだ。この屋敷には竈《かまど》もあるから、時々それで料理をしたりもする。

だってこんな風に魔法具で生活が便利になっているのが当然ではないってパパが言っていたから。竈などを使って料理ができるようになっていたほうがいいのではないかと思っているのだ。

焼いたお肉と、山で採れるという山菜。そして野菜をふんだんに使ったスープ。今日の昼食である。

昼食が完成したので、わたしはパパを呼びに行くことにする。

パパの研究している部屋まで歩いていると、外から聞いたことのない音が聞こえた。何かの鳴き声だろうか。聞いたことのない鳴き声に、わたしは思わず身構えてしまう。

だけど、たとえなにか怖いものがいたとしてもパパがいるならば問題がないとわたしは思い直して歩く。

そうしていれば予想外のことに、窓が叩かれた。

驚いてそちらを見れば、窓の外に大きな鳥がいた。黄色の嘴《くちばし》を持つ、黒い羽毛の鳥。その大きさがわたしよりも大きくてびっくりした。その黒い目が、ギロリとわたしを見る。

「ひっ、パパ!!　パパ!!」

わたしは怖くなってパパのことを呼んだ。その大きな鳥はわたしを見て驚いた様子だったけれど、そんなの気にしていられなかった。わたしはこの鳥が怖かった。

パパはわたしの声が聞こえたらしく、こちらにやってきてくれた。

そんなパパを見て、わたしは「パパっ!!」と声をあげてパパに抱き着いてしまった。

「どうした?」

「鳥さん、大きな鳥さんが……!!　怖い!!」

怖くて怖くて仕方がなくて、そんなことを口にしながらパパの身体をぎゅっとする。パパはその言葉に窓の外にいる鳥を見る。

「鳥?　ああ、ニコラドのところのやつか」

「にこらど?」

「ああ、俺の知り合いだ。安心しろ。あれはニコラドの使いだ。お前に何かすることはない」

パパがそう言うから、わたしはパパに抱き着いたまま、恐る恐る首を動かしてあの鳥の方を見る。その黒い目がやっぱりわたしを見ていてぎょっとする。

だけど、パパが大丈夫だって言ったからとわたしはその鳥と目を合わせる。やっぱりちょっと怖い。

パパはわたしの身体を離すと、その鳥のいる方へと向かう。そして窓を開けて、その鳥を迎え入れる。

やっぱりその身体は大きい。

わたしがその大きさに驚いている間に、パパはその鳥から何かを受け取っていた。

「パパ、何受け取ったの?」

「手紙だ」

「手紙？　パパ宛ての？」

「そうだな。ちょっと聞きたいことがあって手紙を出していたんだ」

パパが受け取ったものは、パパ宛ての手紙らしい。わたしはパパが手紙を出していたことなど全く知らなかった。それに手紙を出すためにとこんな大きな鳥を使いによこすなんて、そのニコラドさんという人はどういう人なのだろうか。

パパみたいに凄い人なのだろうか。ううん、パパ以上に凄い人なんているはずがない。わたしのパパが一番凄い!!　そう思うとなんだかパパを自慢したくなって、自慢するように大きな鳥を見てしまった。

その鳥はなんでわたしにそんな視線を向けられるのかわからないようだ。

「ベルレナ、あいつが気になるのか？」

「……ちょっと」

「あれは使い魔だ。魔物と契約を交わして使役しているものだ」

「使い魔!!　話だけ、聞いたことある」

あの大きな鳥が使い魔だと知ってわたしの心は興奮した。だって使い魔の話はお兄様たちに聞いたことがあった。強い力を持つ魔法使いは、魔物を使役する力があるんだって。

パパの知り合いのニコラドさんは、こんな大きな魔物を使い魔にしているんだってびっくりした。

「あれ、怖くない？」

「大丈夫だ。あれがベルレナに危害を加えようとするなら俺が叩き潰すから」

パパがそう言ったら抗議するように鳥が鳴いた。その声には怯えも混じっているように見えて、この鳥はパパの凄さを知っているのだと思った。

それと同時にパパに対してなんとも言えない感情を視線で訴えていることからも、この鳥がわたしたちの話している言葉を理解していることがわかった。

「……鳥さん、怯えて、ごめんなさい。わたし、触りたい」

突然触りたいというのはどうかと思ったのだが、ちょっと触ってみたいなと思った。あと怯えてしまったことでこの大きな鳥が嫌な気持ちになっていても嫌なので、謝罪もする。

大きな鳥さんの名前はトバイというらしい。この名前はパパの知り合いのニコラドさんという人がつけたんだって。

鳥さんはわたしの申し出に、いいよとでもいう風にその前脚を差し出してくれた。恐る恐るそれに触れる。今までこんな風に魔物に触れたことがなかったので、なんだか楽しくなって沢山触ってしまう。

魔物に触れる機会なんてそんなにない。わたしはこうして魔物に触れられることに嬉しくなっていた。わたしにされるがままになっているトバイ。しばらくしてわたしは満足すると「ありがとう。触らせてくれて」と笑った。それにトバイは鳴き声で返事をしてくれた。

わたしは満足してパパのもとへ戻ろうと思った。だけど視線を向けたらいつの間にかパパがいなかった。

「パパ？」

　パパはどこに行ったのだろうか。

　先ほどまでトバイに触れて高揚していた気持ちが一瞬にして沈む。パパが近くにいないという事実にしょんぼりしてしまったわたしの様子にトバイが慌てだす。嘴で悲しまなくていいとでもいうように慰めてくれて、最初は怖かったけれどトバイはいい鳥さんだと思った。

　そうしているとパパが戻ってきた。手には手紙が握られている。

「パパ、どこに行ってたの？」

「ああ。トバイはベルレナに何かする気もなさそうだったからな。ちょっと返事を書いていた」

「そうなんだ」

　パパはニコラドさんへの返事を書きに行っていたらしい。ニコラドさんとパパってどういう関係なんだろうか。お友達？　パパにお友達がいるというのは、ちょっと想像がつかない。だけどパパにもお友達ぐらいはいるだろう。

「パパ、ニコラドさんとお友達？」

「腐れ縁だな」

「昔からの知り合い？」

「そうだな。ずっと昔からの知り合いだ」

　パパとそんなやり取りをしているうちに、トバイはパパからの返事を受け取って空へと飛びたっていった。

一気に空へと舞い、気付けばわたしの視界でトバイは小さくなっていた。

それにしても、パパの昔からの知り合いってちょっと気になる。昔のパパのことも沢山知っているのだろうか。わたしはまだパパとの付き合いは三か月ぐらいだけど、わたしが想像できないぐらいパとニコラドさんの付き合いは長いのかもしれない。

わたしよりもきっとずっと、パパのことを知っている。ニコラドさんに会ったらパパが喜ぶことをもっと知ることができるだろうか。わたしがパパの自慢の娘だと言ってもらえるように手助けをしてもらえることができるだろうか。

なんて、そんなことを考えてしまった。

だけどそういう湧いてきた願望はパパには口にしない。

わたしはパパに嫌われたくないから。わたしの身体を奪ったあの子のように、いい子になりたいとそう思っているのだ。

わたしはそう考えて口を閉ざした。わたしはそんなわたしのことをパパがじっと見ていたことにも気付いていなかった。

トバイがやってきてからしばらく経ったある日、パパが突然こんな提案をした。

「ベルレナ、街に行くから一緒に来るか?」

それは本当に突然の話で、わたしは驚いた。驚いたけれど、パパとお出かけができると思うと嬉しくて、頷いた。

そしてパパとお出かけする日がやってくる。


「～～♪」

今日はパパとのお出かけの日だ。

わたしはパパとお出かけができると聞いた日からずっと楽しみで仕方がなかった。だってパパとのお出かけだよ！　これで喜ばない人なんてきっといないよ。などとそんなことを考えてしまうぐらいわたしはパパとのお出かけを心から楽しみにしていた。

だからお出かけをするその日、わたしは早起きして窓を開けてご機嫌に歌を歌ってしまった。

「パパとのお出かけ、楽しいなぁ～」

特にちゃんとした歌とかではなくて、そのとき、思うがままに歌っている。誰かに聞かれたら恥ずかしいけれど、誰もいないしね！

それにしてもこの三か月、パパが散歩以外で外に行くことは全然なかった。街にも恐らく一度も行っていないと思う。なのにパパはどうして突然街に行くことにしたのだろうか。何か用事でもできたのかな。

でもどんな理由があろうとも、パパと一緒に出かけられることは嬉しかった。あれ、でもわたし靴を持っていない。街に行くのならば靴がないとおかしいよね？　とそのことが気になってしまった。

そのあたりはパパに聞こう。

とりあえずパパとのお出かけだー!!　と思うと本当に嬉しくなった。

まずは朝食の準備をする。朝ごはんを食べてからお出かけだってパパが言っていたから、先に用意しておかないと。

自分だけで料理を作るようになってからパパを起こすようにしているのだ。

朝食を作ったわたしはパパを起こしに向かう。

「パパ、パパ、朝だよ」

パパのもとへと向かって、いつものようにパパをゆする。パパはいつも通り寝起きが悪かったが、何度かゆすると起き上がってくれた。

「パパ、おはよう‼　今日はお出かけの日だよ」

「ベルレナ、おはよう。お前、今日はより一層元気だな……」

パパは寝起きでちょっと元気がない様子だった。それに対してわたしは元気満々である。パパは呆れたような視線を向けていた。

「パパとお出かけだから！」

「そうか」

「うん。朝ごはんもうできてるから。行こう」

まだ夢の世界に旅立っていたそうなパパの手を引いて、わたしはパパと食卓へと向かう。それにしてもパパはお出かけの日でもいつも通りだ。わたしだけ楽しみで仕方がないとなっていて、ちょっとだけ恥ずかしい。

パパと一緒に朝食を食べる。その最中にわたしは気になったことを聞いてみた。

「パパ、お出かけするときの靴がわたし、ないよ」

「大丈夫だ。そのあたりはニコラドに用意させた」

「え、そうなの」

「ああ。この前、手紙と一緒にトバイが持ってきていたぞ」

そう言われてわたしは驚いた。わたしはそこまで見ていなかったけれど、一緒に靴も持ってきてくれていたらしい。

パパが指を鳴らすと靴がその場に現れた。革でできた小さな茶色の靴だ。その靴を履く。大きさはちょうど良い。

「わぁ、靴!! ありがとう、パパ」

わたしはパパから靴をもらえたことが嬉しかった。

その靴を履いて、くるりと一回転しようとして、そのまま足を取られてこけそうになる。パパはそんなわたしを見てまた指を鳴らした。そうするとわたしの身体がふわりと浮いた。

「気を付けろ」

「うん、ありがとう、パパ」

パパはわたしを床へとおろしてくれる。わたしはパパに向かって笑いかけた。

「ねぇ、パパ。どうやって街に行くの?」

「途中までは転移だな。その後は歩く」

「転移?」

「初めて会ったときに急にこの屋敷に移動しただろう。それが転移だ。異なる場所へと移動を可能にした魔法だな」

「流石パパ。でもそれでどうして最初から街に行かないの？」

パパは最初にこの屋敷に移動した方法で街まで行くらしい。一瞬で違う場所に移動する魔法ってことだよね。どんな場所でも自由自在に移動できるのかな。やっぱりパパは凄い。

でもどうして最初から街まで転移で飛ばないのだろうか？　そう口にしたわたしにパパは言う。

「転移魔法は使える者が少ない魔法だ。それで行ったら目立つだろう」

「そうなの？」

「そうだぞ。下手に魔法が得意なことを知られたら国に仕えさせようとしてくる連中もいるかもしれない。そうなったらややこしいだろう」

ようするにパパはとても凄くて、なんでもできる。だからこそ国から仕えてほしいなどと言われて大変なことになるかもしれないらしい。

ベルラだった頃、お父様は王様の覚えがめでたいことを誇らしげにしていた。わたしもお父様のことを誇らしく思っていた。だから国に仕えることはいいことだと思っていたけれど、パパは違うのだろうか。

「パパは国に仕えたくないの？」

「そうだな。国に仕えるのは面倒だぞ。特に俺は歳を取らなくなっているからな」

「凄いことだよね？」

「お前は子供だからそうやって無邪気に言えるんだ。周りからしてみれば歳を取らない奴なんて化け物だからな」

「化け物？　パパは怖くないよ？」

化け物という単語を聞いてわたしは驚く。

だって化け物って、とても怖い存在のことを言うのだと思う。子供を食べちゃうようなそういう存在だとイメージする。それを考えるとパパは優しくて、全く怖くない。

なのに、誰がパパを化け物なんて呼ぶのだろうかと悲しくなった。

「お前はそうでも他は違う。煩わしいことになれば面倒だろう。だからバレないようにして行くんだ」

「うん」

どんなふうに面倒になるのかはわたしにはわからなかった。だけれど、パパがそう言うのならばそうなのだろう。

パパが凄い魔法を使える人なんだって周りに自慢したい気持ちはあるけれど、パパがバレないように行きたいと言うのならばわたしはその通りにしようと思った。

それからわたしとパパはお出かけの準備をした。準備といってもそんなに時間はかからない。パパの魔法ですぐにここに戻って来られるからというのもあり、バッグに入れている荷物も少ない。

「手を繋ぐぞ」

パパにそう言われて、パパの手を握る。

そしてパパが何かしたかと思えば、目の前の光景は全く違うものになっていた。

「わぁ!!　森だよ、パパ!!　一瞬で森だよ!!　凄い、パパ凄い!!」

「……ベルレナ、興奮しすぎだ。煩《うるさ》い」

「わ、ごめん。パパ」

目の前に広がるのは森だった。

一面の緑。そして花々が咲き誇り、小さな鳥が飛んでいるのも見えた。木々の隙間から青い空が見えて、それもまたわたしの気持ちを高ぶらせた。

思わず興奮したわたしはパパに怒られてしまった。わたしはしゅんとする。しゅんとしたわたしの頭をパパはぽんぽんと軽く叩く。そしてわたしはパパと一緒に歩きだした。パパとの手は繋がれたままだ。

初めて来る場所だというのにパパと一緒で、パパと手を繋いでいるというだけでどうしようもないぐらいの安心感があった。これもパパの力だろうか。

「えへへ」

「楽しそうだな」

「楽しいもん。パパとお出かけだから」

「そうか」

「うん」

わたしは思わずにこにこと笑ってしまう。

だってパパとお出かけなんだよ。それだけでいつもよりもずっと楽しい気持ちでいっぱいになる。

少しだけ森の中を歩くと、街道に出た。広さからして馬車なども通れそうだ。

「ひらけてるね」

「旅人のための通り道だからな」

この開けた土の道は、この土地を治める貴族が築いたものらしい。昔はここには道などひかれていなかったらしい。そんな場所がこうして旅人たちが通るための道になっているなんて凄いと思う。

「ねぇ、パパ。あれは」

「あれはな――」

「パパ、あの馬車、沢山のものが積まれているね」

「あれはな――」

わたしがあれはあれはと気になって口を開けば、パパはそのことについて説明をしてくれる。

パパはわたしの問いかけに困ることもなく、なんでも知っているパパをわたしは誇らしく思った。

商人の乗っている馬車には沢山の荷物が積んであって驚いた。わたしはベルラだったとき、当たり前みたいに商人から物を買っていたけれど、商人たちはこうして長い道のりを移動して物を運んでくれていたのだろうか。

そう思うと不思議な気持ちになった。

パパは転移という魔法を使って一瞬で移動することができるけれど、普通の人はやっぱりそれはできないらしい。やっぱりわたしのパパは凄いなってにこにこしてしまう。

しばらくパパと手を繋いだまま歩くと、街に辿り着いた。

その街には門番がいて、わたしたちは軽く話を聞かれた。パパが「娘と共に旅をしている」と言うと納得された。わたしとパパの見た目はそっくりだから、わたしが娘ということに納得したのだろう。

周りから親子だとちゃんと認識されることがなんだか嬉しかった。

「ねぇ、パパ。この街で何をするの？」

「買いものだ」

「何を買うの？」

「お前のものだ」

どうして今まで外に出なかったのに街に出ることにしたのだろうかと疑問に思って口にすれば、そんなことを言われた。

「わたしのもの？」

わたしはパパの言葉に驚いて聞き返してしまう。パパはぴたりと立ち止まってわたしを見る。わたしもパパをじっと見つめる。

「そうだ。お前のものだ。あの屋敷はお前が暮らしていくために色々足りないだろう。色々買ってやるから選べ。そして欲しいものがあるなら言え」

「いいの？」

「ああ。いいさ。お前は俺の娘だからな」

パパがわたしのことを娘と言ってくれるだけで嬉しかった。パパの本心はわからないけれど、ただその言葉だけでわたしは単純に嬉しくなってしまった。

でもパパにどこに行きたいかと問いかけられてわたしは答えられなかった。

もちろん、街に来たのだから行きたい場所は山ほどある。

わたしはベルラだった頃から買い物が大好きだった。家のお金で欲しい物を沢山買っていた。お兄様に買いすぎだって呆れられて、だけどお父様とお母様は笑って許してくれていた。

あれも思えばわたしの我儘だったのだろう。わたしが我儘でも、お父様たちは許してくれたけれど、でも我儘じゃないわたしのほうがみんな好きなのだ。

そう思うと、どこに行きたいとか、何が欲しいとかパパに言えなかった。一言でも口にしてしまえばわたしのどこに行きたい、これが欲しいという欲望があふれ出て、わたしはパパに嫌われる我儘な子になってしまう。

無言になったわたしにパパは、

「服を見るか」

と言ってわたしを服が並んでいるお店に連れて行ってくれた。


「わぁ」

お洋服の売っているお店に辿り着いてわたしは思わず声を漏らしてしまう。

わたしはベルラだったときから自分で身に着けるものを買うのが好きだった。だから色んな種類のドレスをわたしは持っていた。

とはいえ、わたしの身体を使っているあの子はわたしが着もしないのにクローゼットにしまっていたドレスや装飾品を売ったり、孤児院に寄付したりしていたけれど。

公爵令嬢として相応しい程度のドレスを必要最低限あの子は残していた。思えばあの子はわたしと違って高価なドレスを買うことを好んでいなかったのだ。ぶつぶつと「これが金貨二十枚もするなんて」と言っていたこともあった。

こう考えてみると、〝わたし〟と〝あの子〟は結構違うと思う。でもそれだけ違ってもお父様もお母様もお兄様も、周りの侍女たちもわたしが居なくなったことには気付いていなかった。

「好きなものを好きなだけ買うといい」

「え」

「いいから」

「で、でも……」

好きなものを好きなだけ買うといい、なんて言われてわたしは戸惑ってしまう。だってそんなことを言われたら我儘なわたしが顔を出してしまう。

結局わたしはあの子に身体を奪われてから、自分が我儘だったことには気付けたけれど――やっぱりわたしは我儘なのだと思う。

だってわたしはこのお店に入った途端、全部欲しい!!　ってあれもこれも欲しい!!　って思ってしまったから。

パパに好きなだけ買っていいと言われて、あれもこれもって言いそうになってしまったから。

パパは躊躇うわたしを見る。ちょっと不機嫌そうで、わたしはパパを怒らせてしまっただろうかと不安になった。

だけどパパはわたしに何か言うことなく、店員を呼ぶと「この子に似合う服を」と言って硬貨を持たせた。

その女性はパパがお金持ちなお客様だとわかったのだろう。目をキラキラさせてわたしの服を選んでくれた。

それからわたしは着せ替え人形のように色んな服を着せられた。

正直言ってわたしは楽しかった。

だって新しい身体になって、ベルレナになってから白いワンピース以外着てこなかったから。赤、黄、青といった様々な種類の服を身に纏い、わたしはやっぱり自分好みの服を着ることが好きなんだなと思った。

この服にはこんな装飾品が似合いそうとか、こういう靴が似合いそうとか、そんなことばかり考えてしまっていた。

「お嬢様は大変美しく、全てお似合いです!!」

女性がそう言ってわたしのことをおだてる。でもその言葉は紛れもない本心だとわかる。だって鏡に映る今のわたしは前のわたしと劣らずに可愛く、どんな服でも着こなしていた。

こうやって色んな服を着ると、なんだかわくわくした気持ちになる。

「ベルレナ、どれが欲しい?」

これまで何十種類もの服装を身に纏った。その中でどれが欲しいのかとパパはわたしに選ばせようとしている。

そんなことを言われたら我儘なわたしが顔を出して「全部!!」と言ってしまいそうになる。だけどそんなことをしてパパに嫌われたくないので、わたしは我儘な自分に見ないふりをする。

「じゃ、じゃあこれ」

「それだけじゃ駄目だろう。他も選べ」

「えっと……じゃあ」

一着だけ選んだら他にも選ぶようにパパに言われ、わたしはおずおずと選ぶ。最終的に五着ほど選んだ。あと下着も買った。

パパはもっと買ってもいいと言ったけれど、そこまでは言えなかった。

服屋を後にしてからもまだ買いものは続いた。パパは本当にわたしのために色んなものをそろえてくれようとしているらしい。

雑貨屋や家具屋にも向かった。

わたしが気に入るものがあるのならばなんでも買うといいと、パパは何故だかわたしを甘やかそうとする。

「えっと」

その言葉に甘えそうになって、思わずおずおずと欲しいものを口にしようとする。

でも途中ではっとなって、もしかしたらパパは我儘なわたしに気付いてわたしを試そうとしているのだろうかと思ってしまった。

だってわたしとパパは本当の親子ではない。

そう考えると胸が痛むけれど、わたしとパパは他人である。パパはわたしを使おうとして拾っただけだ。わたしが幾らパパを慕っていたとしてもパパがわたしを本当の娘として接する理由はないのだ。

でももしかしたらパパはわたしを観察しているから、甘やかしたらどうなるかというのも観察しているのだろうか。

わからないけれど、我儘なわたしを前面に出すべきではないとわたしは思った。

わたしにはパパしかいないのだから、パパに嫌われてしまわないようにしなければならないのだ。

だから結局、口を閉じてしまう。

「ほら、ベルレナ、これはどうだ。可愛いだろう」

だからパパの誘惑には負けない。

「ベルレナ、これがお前に似合うと店主が言っているぞ」

可愛い髪飾りを見せられても、

「ベルレナ、これは子供が気に入っているものらしいぞ」

わたし好みの可愛いお菓子を見せられても、

「ベルレナ、こういうのはどうだ?」

わたしが部屋に置きたいと思える家具を見せられても。

我慢していた。

本当は我儘なわたしが心の中で「欲しい！　買って！」と叫んでいるけれど、気に入ったものでも一度わたしはいらないという素振りをして、パパがどうしても買ってというときに選ぶということを続けた。

欲しいものも沢山あったけれど、パパがお金を持っていようともパパに嫌われたくなかったから。

ちなみに買ったものはパパが魔法でしまっていた。パパは重たいものでも魔法でしまって、持ち運ぶことができるらしい。パパは店主たちに《アイテムボックス》を持っているんだなどと説明していた。それが持っている鞄だとも。

でもわたしは知っている。その鞄がただの鞄だということを。

パパは魔法が得意だから自力で、色んなものを持ち運べる便利な《アイテムボックス》という鞄のようなことをできるらしい。パパがその魔法を使えないように周りに装うのもパパが出かける前に言っていた面倒なことにならないためなのだろうか。

パパと手を繋いで買い物を続けてしばらく経ち、すっかり太陽が空高くに上がっていた。朝食を摂ってすぐに出かけたのにもう昼なのだ。

パパとの買い物が楽しすぎて気付いたらこんな時間になっていて、わたしは驚いてしまった。

そしてそんな中でぐうううとわたしのお腹が鳴った。パパがその音が聞こえたからかわたしを見る。

わたしは恥ずかしくなって下を向く。

「お腹がすいたのか。食べるか」

パパはわたしにそう言って、わたしの手を引いて食事処に向かった。ベルラだったときは家でしか食事を摂ったことがなかったから、こういう外で大勢が食べる食事処に来るのは初めてだ。

話には聞いたことはあったけれど、平民たちの食べる食事処は騒がしくて驚いた。

このお店は入った途端、店員がわたしたちのもとに近付いてきて空いている席に案内してくれた。

椅子はわたしには少しだけ高くて、なかなか座れないでいるとパパがわたしを抱きかかえて座らせてくれた。

屋敷だと魔法で浮かせられるから、パパ自身に抱きかかえられてわたしは驚いた。それと同時に嬉しくなった。

あのわたしをいつも浮かせている魔法も周りには知られないほうがいい魔法なのかもしれない。パパは簡単に使っていたけれど、やっぱり凄い魔法なのだろう。

それにしても椅子に座ったはいいけれど、ここからどうすればいいのだろうか。こういう場所に来たのが初めてなのでわからない。

そんなわたしに気付いたのかパパが冊子を見せてくれる。

「ベルレナ。好きなものをここから選べ」

そう言って見せられた冊子には、食べ物の名前が書かれていた。なるほど。こういう場所はこうやって食べたいものを選んで出してもらう形式なのか。

それを理解したわたしはその中から比較的安いものを選ぶ。だってあんまり高価なものとか食べて、パパに嫌われたくないもん。

「もっと頼んでいいぞ。それだけで足りるのか?」

「うん。足りるよ、パパ」

パパは少し何か考えるようにそんなことを言うが、わたしはこれだけで十分だ。この身体はまだま だ本調子ではなく、そこまでご飯を食べられるわけではない。それに屋敷ではいつもお腹一杯食べて いるから、外ではこの位でも問題はない。

運ばれてきたのは麺の料理で、あまり食べたことのない味で美味しかった。こういう味付けってど うやって生み出しているのだろうか。わたしも料理をたしなむ身として気になったが、聞くこともで きない。

料理の本とかこういう街だと売っていたりするのかな。

でも行きたいとは言いにくいし……と思っていたら、食事の後、本屋に連れて行かれた。本は洋服 なんかよりもずっと高かった。

パパはそこから好きな本を選んでいいと、幾らでも買うと言ってくれたけれど、服よりも値段が高 いものをそんなに買ってもらうわけにはいかない。わたしはお金で何かを買うということをやったこ とがなかったからお金の使い方について詳しいわけでもない。

それでも今日一日、色んな店を回って、本が高価なものだということぐらいわかる。

パパは何も買わないという選択をわたしにくれなかった。

なので、わたしは料理の本を買ってもらった。この街の料理人たちがまとめたレシピ本らしい。今 日わたしが食べた麺の料理のレシピもあるだろうかと思うとわくわくした。

本屋さんの後は、広場に連れて行かれた。

わたしが楽しめそうな場所ばかりで、いいのだろうかというそんな気持ちになる。

「パパ、行きたいところないの？」

「俺はいいんだよ」

パパに街で行きたいところがあったのではないかと問いかければそんな風に言われた。そしてパパはそのまま広場で売られていた食べ歩きのできるお菓子を買ってきてくれる。

砂糖は高価なものだからこれはお芋を揚げたお菓子である。初めて食べるけど美味しい。

公爵家ではケーキ類もよく食べていたけれど、パパの家で本を読んで砂糖を使ったお菓子は中々食べられないものだと知った。

そういえば屋敷の食料庫には砂糖も大量にあった。それでもその書物を読んでからは大量に使うのが躊躇われて、あまり使ってはいない。

「パパ、美味しいね」

「ああ」

パパもポリポリとそのお菓子を食べていた。パパは表情も変えずにそれを食べているけれど気に入っているのだろう。わたしよりも多くそれを食べていた。パパはこういうお菓子が好きなんだなとわたしはパパを知れて嬉しくなった。

それから街をぶらぶらして、パパと一緒に色んなものを見に行った。

夕方になると、パパが「帰るか」と口にして、わたしはそれに「うん」と答えた。

＊＊＊

パパとのお出かけは楽しかった。

それをパパとのお出かけから何日も経過してからでも、ずっと考えてしまう。

またパパはわたしをお出かけに連れて行ってくれたりするだろうか。

パパはどのくらいの頻度で街へお出かけをするのかな。そんなことを考えてしまうのは、わたしがまたパパとお出かけをしたいと思っているからだろう。

パパに誘われないとわたしはお出かけなんて行けないから、パパが誘ってくれないかな、次はいつお出かけに連れて行ってくれるかなとそんなことを考えている。

「ふふ」

わたしは今、書庫にいる。

そこでパパの購入してくれた料理の本を手に取って、思わず笑みが浮かぶ。

パパがわたしのために買ってくれた本。それに今着ている服だってパパが買ってくれたものだ。こうして自分のお気に入りの服を着られるだけでもわたしは嬉しかった。

それに書庫の一角にわたしの本を置くエリアも作ってくれたの。パパの本の中で気に入ったものがあればパパに許可をもらえればそこに並べてもいいんだって。そしてこれから購入する本があればそこに並べて良いって言われたの。

こうやってわたしのスペースがこの屋敷の中にできると、わたしはここに居ていいと言われているようでほっとした。

わたしの部屋の家具もわたし好みの家具が置かれて、部屋のカーテンもわたしの好きなピンクに変わった。可愛い絵柄の書かれたカーテンにできてわたしは毎朝それを見て嬉しくなっている。

わたしはこんなに単純だったろうか……と考えて、ベルラだった頃はすぐに機嫌を悪くするのにお兄様から何かもらうとすぐに機嫌を良くしていた。うん、単純だね、わたし、昔から。

思えばお兄様がわたしの機嫌が悪いときにすぐに何かを与えていたのは、わたしが癇癪《かんしゃく》を起こして面倒だったからだと思う。……お兄様はわたしのことを嫌っていたわけではないと思う。だけど、わたしのことを面倒だとは思っていただろう。

あの身体をあの子に使われている二年の間で、お兄様は本当に〝ベルラ・クイシュイン〟を好きになったのだと思う。

わたしじゃなくて、あの子を。

それを考えて少し悲しくなったけれど、わたしはすぐにパパから買ってもらった本を目にしてにこにこしてしまう。

ここに載っているものは家庭料理として作れそうなものが多い。しかも材料費もそこまでかからないもののようなので、食料庫に埋まっている材料を使いやすい。

パパは少しずつ料理の種類が増えているのを見て、凄いなと言ってくれたのだ。パパのほうがずっとずっと凄いのに。わたしのことを凄いと褒めてくれたのだ。

わたしはパパに褒められるだけで嬉しくて、天にも昇るぐらいの気持ちになった。だってこの二年は特にわたしは一度も誰からも褒められることなく、そもそも誰かと会話を交わすこともなく過ごしていたから。

そんなわたしがこうして新しい身体を得て、穏やかな日々を送れているのは全部パパのおかげである。だからこそわたしはパパのために何かしたいのだ。

料理は少しずつできるようになっていて、パパは喜んでくれているけれども……これぐらいでは足りない。わたしはパパに何も返せていないとそんな気持ちになる。

そう思い至ったわたしはパパのもとへ向かうことにした。

パパは相変わらずよくわからない研究をしている。研究をしているパパは楽しそうで、パパは魔法が本当に好きなのだとその姿を見る度に実感する。

「パパ」

わたしがパパを呼べば、パパはやっていることを中断してわたしの方を向いてくれる。

「どうした。ベルレナ」

パパが少し驚いた顔をしているように見えるのは、わたしが食事のときぐらいしかパパに話しかけてこなかったからかもしれない。

「あのね、パパ。わたし、パパのために何かしたいの。パパ、やってほしいことある？」

わたしは意を決してパパにそう問いかけた。

こんなことを言ってパパに嫌われてしまったらどうしようか。余計なことなんて言わずに今まで通り過ごしていれば良かったのではないか——という不安もあるけれど、もう口に出してしまったものは仕方がない。

「やってほしいこと？」

「うん。わたし、パパに感謝してるの。だからパパに何かしたいの」

これは紛れもない本心だ。

わたしはパパに感謝している。そしてパパのことが大好きだ。だからパパから与えられてばかりであることが心苦しい。

もっとパパにとって良い娘になって、パパに自慢の娘だって言われたいから。

そう思って口にした言葉なのに、パパは苦い表情を浮かべている。パパはどうしてそんな表情を浮かべているのだろうか。パパはこんな面倒なことを口にしたわたしが嫌いになってしまったのだろうか。

急にパパの表情を見てわたしは怖くなる。

だけど、パパが口にした言葉はわたしにとって予想外の言葉だった。

「お前さ……、なんであれをしたいこれをしたいって我儘を言わない？」

何故か、パパはそんなことを問いかけてきたのだ。

わたしはパパがどうしてそんなことを問いかけるのかわからなかった。

……もしかしてやっぱり我儘なわたしに気付いて、パパもわたしのことを嫌いになってしまったのだろうか。そう思うと悲しくなった。

パパのことが大好きだから、パパにわたしは嫌われたくない。

悲しくて、悲しくて……ぽたりと涙がこぼれてしまった。

「ベルレナ⁉」

パパはわたしが泣いたことに慌てたようにわたしの方に来る。そしてわたしの身体を抱きしめてくれた。

わたしはパパに抱きしめられながら、口を開く。

「パパ、パパ……ごめんなさい」

「……なんで謝るんだよ。別にお前は何も悪いことしてねーだろうが」

パパがそんなことを言うからわたしは驚いて涙を止めてパパを見る。

「パパ、わたしのこと、嫌いになったんじゃないの？」

「は？　なんでだよ。別に嫌う理由はないだろ」

「じゃあ、なんで我儘の話するの？　わたしが我儘だから嫌いになったんじゃ……」

パパがわたしのことを嫌いじゃないと言ってくれて、わたしは嬉しかった。だけど、それならどうしてパパがそんなことを言ったのかわからなかった。

「は？　なんだその結論は。ベルレナは全く我儘じゃないだろう。寧《むし》ろ子供なのに我儘なんて欠片も口にしなくて、いい子すぎるだろう。……ニコラドも言っていたけれどな、子供はな、我儘なものだろう。お前が子供なのに全く我儘を言わないから俺はなんで我儘を言わないのかと聞いているんだ」

「……わたし、いい子？」

「ああ。いい子だな。俺の手を煩わせることもなく、我儘なことも言わずにいい子すぎる。だから

もっと我儘を言え。お前は俺の娘になったんだろうが。娘は親に甘えるものだって聞いたぞ」

パパはそんなことを言う。

わたしをいい子だと言って頭を撫でてくれて、わたしはいい子すぎるからもっと我儘を言えなんて言う。わたしはパパの娘だから、甘えていいのだとそんな風に――。

「でも……パパ。わたし、我儘だよ。とっても我儘だから嫌われたの。パパに嫌われたくない」

パパはわたしをいい子だと口にするけれど、ベルラだった頃のわたしは悪い子だった。

身体が変わったとしてもわたしの中身は我儘な悪い子なのに。

「嫌わねぇよ。我儘が過ぎるならちゃんと注意するし。それに我儘を言って嫌われるかもなんて怯えている子供がそこまで我儘になるとは思えないしな。……つかお前がそんなに卑屈なの、神の悪戯のせいか？」

「……うん。だってわたしからあの子に替わって、みんな喜んでいた。わたしが我儘だからって。わたし、嫌われているの知らなかった。だから、ショックだった。わたし我儘だからみんなに嫌われてたの」

自分で人から嫌われていたと口にするのが悲しかった。

誰かに嫌われるというのは怖いことだ。誰も自分の味方がいないということは、怖い。わたしをいい子だと言ってくれているパパもわたしが我儘な子だと知ってわたしのことを嫌いになったらどうしようか。

「パパ……わたしのこと、嫌いにならないで。わたし……パパ、大好き。パパに嫌われた……ら」

途中からまた泣いてしまった。

パパに嫌われたくない。パパのことが大好きだから。パパに嫌われたらどうしたらいいかわからない。

そう思って泣いてしまうわたしは、パパにとって面倒な娘になっているかもしれない。これでパパに嫌われたらどうしようと思ったら頭を優しく撫でられた。

驚いてパパを見あげる。

パパは今まで見たことがないぐらい優しい顔をしていた。パパがそんな表情をわたしに向けているというだけで驚いた。

「嫌わねぇよ。……ベルレナとの生活は、俺も嫌いじゃないしな」

「……それ、パパ、わたしのこと、好きってこと？」

そう問いかけたらパパは無言になった。

やっぱりパパはわたしのことが嫌いなのだろうかと、じわりと涙が溢れる。

「……おう」

パパはそれを見てそれだけ答えた。

パパはわたしのことを好きだとは言わなかったけれど、それでも肯定してくれたことが嬉しかった。

パパは照れたようにそっぽを向いている。だけど手はわたしのことを抱きしめ、撫でてくれている。

「わたしも、パパ、大好き!!」

「……そうか」

「うん!!」

パパが照れてる!!　そう思うとなんだか楽しくなってきた。パパはわたしのことを嫌っていないと知って安心したのもあると思う。

わたしが嬉しくなって笑えば、パパはやっぱり照れているのか話を変えるように口を開く。

「それでだな。ベルレナ。さっきの話に戻るけれど、もっとお前は我儘を言っていい。俺はちょっとお前が我儘を言ったぐらいでお前を嫌わねぇよ。そもそもベルレナはまだ子供だろう。その魂の年齢だって子供だ。そんな子供が少し我儘を言ったぐらいで俺は嫌うほど大人げなくはないしな」

「……でも」

「そんなに躊躇うな。お前は俺の娘だろう。娘の躾をするのは親の仕事だろ。ちゃんと俺に仕事させろ。もっとあれがしたいとか、これを欲しいとかなんでも言えばいい。流石にやりすぎだったら俺は注意するけれど、そうじゃないなら幾らでも聞いてやるぞ」

「……パパ、わたしのこと、甘やかしすぎじゃない？」

抱きしめられたまま告げられた言葉に、わたしは思わずそう口にしてしまう。

パパは一見すると冷たいように見えるのにやっぱり優しい。それにパパの言葉はわたしを甘やかすための言葉だ。

「お前は俺の娘だからな。娘は甘やかすものだろう」

「……でもわたし、魂は違うよ？」

「魂が違ってもこの三か月で俺はお前を気に入っている。気に入らなければさっさとどうにでもしているさ」

「……パパ、優しい」

「俺は優しくはないぞ。過去には悪魔だとか言われたこともあるしな」

「その人、見る目ないよ。パパ、優しい。天使様だよ。わたし、初めて見たときもパパのこと、天使様みたいって思ったもん」

「ははは、俺のことを天使様なんて言うのはベルレナぐらいだろうな」

パパはそう言いながら笑って、わたしの頭を撫で、わたしの身体を離す。そしてかがみこんで、わたしと視線を合わせて言う。

「ベルレナ、もっと我儘を言えよ。俺は親としてそれを聞いてやるから」

「……うん」

我儘を言っていいのだろうかという不安はある。だけどパパが我儘を言っていいと笑ってくれるから、わたしはその言葉に頷くのだった。

幕間

魔導師のパパ　①／身体を奪ったあの子　②／魔導師ニコラド　①

「パパ、おはよう!!」

今日も朝から俺の娘になった少女――ベルレナが俺のことを呼びに来る。

今まで一人で過ごしてきた屋敷に、ベルレナがいることに最初は慣れなかったが、今ではすっかりベルレナが屋敷にいることが当たり前になっていた。

「パパ、美味しい？」

ベルレナは今日も早起きをして朝食を作って、俺に美味しいと言ってほしそうに問いかけてくる。それに「おう」と答えただけで、ベルレナは花が咲くような笑みを浮かべる。

――ベルレナと会ったのは偶然だった。

たまたま珍しく遠出したときに見かけた魂。それがベルレナだった。魂だったときから強烈な炎を感じさせる強さがあった。きっと火の魔法に長けた家から出た魂だったのだろう。

俺はベルレナを見つけたとき、これは使えるなと思ったのが一番最初の感想である。

ホムンクルスの研究は、俺が長年取り組んでいるものの一つだった。俺自身の髪などの身体の一部を媒体に、時間をかけて成長させた身体。だけれども身体をどうにかできても、中の魂まで生み出すようなことは流石に魔導師である俺でもできなかった。

魂に纏《まつ》わるものは、神の領分だと昔から言われている。その域に俺は到達しておらず、どこからか魂でも攫《さら》ってくるかなどと考えていたのだ。なので、ベルレナを見つけたことは俺にとってもちょうど良かったと言える。

正直ホムンクルスの身体にベルレナの魂が本当に馴染むのかはわからなかったが、そのときの俺は研究にベルレナを使えればそれでいいと思っていた。

最初は死霊かと思っていたが、ベルレナが神の悪戯の被害者だと知って驚いた。長く生きている俺も神の悪戯で追い出された魂にあったことはなかったからだ。

さて、ベルレナをホムンクルスの身体に入れてからの生活は今まで味わったことのないものだった。そもそも俺は基本的に一人で過ごしてきたので、誰かが傍に居る生活というのは落ち着かなかった。とはいえ、ホムンクルスの身体に入ったばかりで身体もまともに動かせないベルレナを俺は連れ歩くことにした。

子供は面倒で我儘ばかりだと聞いていたので、娘にするとは決めたものの、面倒な性格だったらどうしようかとも思っていた。

寧ろどこからか大人の魂を手に入れてホムンクルスに入れたほうが良かったのではないか……とそんなことを思っていたのは最初だけだった。

何故ならベルレナは俺が驚くほどに面倒なことなど言わない子供だった。大人しい子……というのは違うだろう。時折その無邪気な性格が顔を出す。だけれども我儘一つ言わなかった。

一生懸命俺に好かれようとするベルレナとの生活は悪いものではなかった。

一か月ほど経ちベルレナが歩けるようになってからは、俺を起こしに来て、料理を作ってくれる。

無邪気に俺を慕うベルレナを見ているといると自然と口元が上がる。

それからまたしばらく過ぎて、ベルレナは我儘を言わなすぎではないかと思った。

そんなわけで知人に娘ができたことと、どうしたらいいかというのを手紙に書いた。手紙はすぐに返ってきた。娘ができたとはどういうことだというのが最初に書かれていたがそれはスルーして残りだけ読んだ。

やっぱり子供は基本我儘を言うものらしい。

そしてこの年頃の子供であるのならばワンピース一種類だけを与えているのは可哀そうだと。好きな物もできてきて、自分で自分の使うものを選んだりしたいはずだと。

そんなことが書かれていたので、俺はベルレナを街に連れて行くことにした。街に連れて行くと告げればベルレナは見たことがないぐらい喜んでいて……もっとはやく街に連れて行ってやれば良かったと後悔した。

ただ街に連れて行っても、ベルレナはいい子のままで、我儘など言わなかった。欲しそうにしているのに欲しいと言わない。……そんなベルレナにどうして我儘を言わないのだろうかと少しいら立ちを感じた。

ニコラドも娘は親に甘えるものだと言っていたのに……、ベルレナにとって俺は親ではないのだろうか。

ベルレナには元々親がいるから、俺を親と思えないのかもしれないが……などと考えて、俺はすっかりもうこの三か月でベルレナのことを娘だと思っているというのに気付いた。

そこからはなんというか……父性が芽生えたというべきか、ベルレナのことを可愛く感じた。

でもなんで我儘を言わないのかはわからなかった。

そんな中でベルレナが「パパのために何かしたい」と言ってきたので、ベルレナに我儘を何故言わないか聞いた。ベルレナが泣いたことには驚いたが、ベルレナの本音を知れて良かった。何よりベルレナが俺のことを大好きだと言ってくれたので嬉しかった。

それにしても二年も身体を奪われて消えなかったのは、ベルレナの魂がそれだけ強い力を持っていたからだろう。その間、ずっと身体を奪った存在が好かれていくのを見ていたのならば、ベルレナが我儘を言うのが怖くなっても仕方がない。

嫌われたくないと泣くベルレナの我儘を俺は沢山叶えてやろうと思った。

「パパ。あのね……わたし」

ベルレナはあれから少しずつ自分がやりたいことを口にするようになっていた。

朝食を食べ終えた後、ベルレナは言いにくそうに口にする。俺はベルレナが言い終えるまで待つ。

ベルレナは決意したような目で俺に一つの我儘を言った。

「わたし、魔法を習いたいの」

――俺はもちろん、その我儘を快く受け入れる。

＊＊＊

「どうして上手くいかないのかしら」

私、ベルラ・クイシュインは自室で頭を悩ませていた。

というのも……乙女ゲームの世界の中で、ベルラ・クイシュインが得意としていた火の魔法が上手く使えないからだ。

そもそもクイシュイン家は火の魔法が得意な家で、大体その魔法に長けているものなのだ。

乙女ゲームの中のベルラ・クイシュインは天才とも言えるほど火の魔法が得意だった。圧倒的な魔法の才能がある美少女。その事実もゲームのベルラを助長させる一つの要因だっただろう。

……なのに、ベルラに生まれ変わった私は火の魔法が上手く使えない。寧ろ他の魔法と同じぐらいにしか使えないのだ。

このゲームとの差異はなんなのだろうか。

それとも幼少期はあまり火の魔法が得意ではないという設定があった？　いや、そんなことはないだろう。ファンブックの中では幼い頃からベルラは火の魔法が得意だったという話だった。

なら、もしかしたらこの世界は乙女ゲームの世界ではなく、『ライジャ王国物語』の同人誌とかの世界？　いえ、でもそこまで考えたら可能性が多すぎてどうしようもないわ。

私は一旦、ゲームのことを頭の隅に置くことにする。

現実の私のことを考えなければ。

火の魔法が得意じゃなかったとしても、ゲームのベルラにならないようにもっとフラグを折っていけば問題はないわ。それにここには私が推していた攻略対象もいるのだもの。その攻略対象はベルラの婚約者であったので、順当にいけば私は推しの婚約者になれるのだ。

ゲームのベルラのように嫌われないようにしないと!! とそんな決意を胸に私は手帳にゲームの情報をまとめている。侍女たちに見られても問題がないように日本語で書いている。

それにその手帳はしっかり隠しているから見つかることはないだろう。この手帳は私の生命線である。ベルラとして生きていくにつれて、色んな情報を忘れてしまいそうなので、ここに書かれたゲームの情報は重要なのだ。

そんな風に乙女ゲームの世界のことを考えていたら、こんこんっとドアをノックされる。私は慌てて手帳を隠し、「どうぞ」と口にする。

そこにいたのはゲームでもベルラつきの侍女であったセイデだった。

ゲームのセイデはベルラの我儘に付き合わされ、ヒロインへの嫌がらせの片棒を担がせられ、ベルラを嫌っていた。最終的にベルラが断罪されるときに選択肢を間違えると一緒に断罪されてしまうのだ。

とはいえ、今は私とは良い関係を築けていると思う。

「お嬢様、お館様がお呼びです」

「お父様が？」

お父様が私を呼んでいるということでお父様のもとへと向かった。

そこでお父様に告げられたのは、同年代とのお茶会の話だった。

まだ子供のベルラは社交界なんてものには行ったことがない。あるのは同年代とのお茶会ぐらいでである。たしかベルラは五歳からお茶会に時々参加していたはずだ。

六歳になって私がベルラとして生まれ変わって、私の身体の調子がしばらく良くなかったというのもあり、お茶会はしばらく行われていなかった。

ベルラとしても久しぶりのお茶会である。

ベルラとしての過去がない私は前に行われたお茶会の記憶はない。忘れたという風にして色々聞き出したら、想像通り、前のお茶会ではベルラは結構我儘三昧だったらしい。

そしてそのお茶会に参加していた中には、乙女ゲームの登場人物たちもいた。

一番私が仲良くしたいのは、乙女ゲームの世界でベルラの傍に控えていた少女だ。

名前はネネデリア・オーカス。オーカス伯爵家の娘で小動物系の子だ。

それでいてベルラの我儘に家の関係から付き合わされていて、乙女ゲームの世界ではベルラの断罪の巻き添えを食らっていた。

そしてもう一人はお兄様の友人枠として出ていたネネデリアの兄であるアルバーノ・オーカス。なんで攻略対象じゃないのかというぐらいの美形だ。ちなみにお兄様もヒロインの攻略対象なので、お兄様攻略のときはアルバーノがよく出てくる。

この二人と仲良く友好関係を築いておくのは良いことだろう。私は是非ともネネちゃん（乙女ゲームのファンたちの間でのネネデリアの呼び方）と仲良くしたい。

ゲームをやっているときはベルラのせいでネネちゃんが大変な目に！　とベルラに苛立っていたが、ベルラだからこそネネちゃんと仲良くできるのだと思うと嬉しくて、意気揚々とお茶会に挑んだ。

……だけど、何故か私はネネちゃんにもアルバーノにも少し距離を置かれていた。確かベルラとネネちゃんは幼い頃からの仲のはずなのに。なんだろう、私が話しかけても距離を置かれている感覚があった。

もしかしてネネちゃんは私のことが嫌いなのだろうか。……それはあり得るかも。

だってベルラは過去のお茶会で我儘三昧だったのだ。今の私を見て仲良くしてくれる人も多いけれど、過去は変わらない。

でもこれからわかってもらえればいいよね。私はネネちゃんと、絶対に仲良くなる。

私はそんな決意をするものの、中々ネネちゃんとアルバーノとの距離は縮まらないのだった。

＊＊＊

「ディオノレに娘ねぇ」

俺の名前は魔導師ニコラド。

俺は屋敷の中で、友人からの手紙を見ながらなんとも言えない気持ちになっている。

俺に手紙をよこしてきたのは、同じ魔導師であるディオノレである。

ディオノレは正直言って、若干性格破綻気味な部分がある。魔法への関心が強く、他の者に興味一つない冷たい男だ。

あいつは見た目だけはとても良い。だから学生時代から沢山異性が寄って来ていた。誰一人興味を抱くことがなく、黙々と魔法の研究をし続け、あいつは魔導師になった。俺もその後に魔導師になったけれど、あいつは魔導師に至ってからも人と関わることはせず我が道をいっていた。

なんだろう、魔導師になったのを到達点と思わずにやりたいことをやりたいようにやっているというか。

そんなディオノレに娘ができたという事実は面白いけれども、それでもどこかから拾ってきたとかではなくホムンクルスの子供というのが気になった。

元々魂が補充できないってそういう話は聞いていた。

だからその魂をどこから持ってきたのかが気になっている。本当に一から魂を生み出したというのならば、それは赤ちゃんのような魂だろう。

しかし年頃の子供のことを聞いてきているので、生まれたばかりではない魂を器に入れたのだろうか。

あいつはもしかして人道に反する行動で、魂をどこからか持ってきたのだろうかと若干気になっていた。

そういう行動はしてほしくないが、ちょっとしたことならまぁ、大目に見る。俺でも本気になったあいつを止めることは難しいし、そもそもあいつと敵対したいなんて思っていないから。

でも何かのきっかけでタガが外れてしまったらと不安を抱く。

本気であいつが、自分の魔法の実験のために周りが許容できないほどのことをやらかすようになってしまったら——あいつが、各国から討伐対象みたいになってしまったら……ということはちょっと考えてしまうのだ。

幸いにもというか、驚いたことにディオノレの手紙を見る限り、あいつは娘になったホムンクルスを大切にしているようだ。

だから問題はない……と思いたいけれど、後で俺自身が見に行くべきだろう。

まぁ、俺の使い魔のトバイに確認しても、あいつは本当に娘を大切にしているっぽいが。

それならそれで俺はあいつが父親をやっているのを見て爆笑したい。

直接見なければ結局、ディオノレとその娘がどういう関係かわからない。一旦、赤ちゃんの魂の可能性もあるからその体で聞いてみるか？　どうせあいつ手紙だと詳しいことは書かないし。


そんなことを考えながら、俺はディオノレへの手紙をまたトバイに託した。


次に俺は書類整理をすることにした。学園の仕事だったり、魔法師組合の仕事だったり――、俺はディオノレと違ってそういう立場にあるから、そういう面倒な仕事も結構あるのだ。

そうやって書類に目を通していれば、息子が家にやってきた。

もう五十を過ぎている息子は、自立していて家庭を持ち、同じ家には住んでいない。

「父上」

そこそこいいところのお嫁さんをもらった息子は、俺のことも堅苦しい呼び方してくるんだよなぁ。

そういえばディオノレの子供は娘なんだよな。俺には娘がいないから、娘がいたらどんな感じだったんだろうかとそんなことを考えてしまう。目の前の息子も、その下も男だから。

そんなことを考えながらじっと息子を見てしまう。

「父上、なんですか？　私のことをじっと見つめて」

「娘がいたらどんな感じだったかなと考えていただけだ」

「……なんの影響ですか？」

「ディオノレだよ。ディオノレ」

「ディオノレさんがどうしたんですか？」

「娘ができたって」

「は？」

ぽかんとした顔の息子が面白くて、俺はげらげら笑ってしまった。

そりゃ、そういう顔になるよな。だってあのディオノレだぞ。あの魔導師ディオノレが娘を可愛がるとか、全く想像できない。

その後、息子とはディオノレとその娘の話ばかりをしてしまい、あっという間に時間は過ぎていったのだった。

第三章　わたしと魔法

「なら俺が教えよう」

魔法を習いたいと口にしたわたしの言葉に、パパはすぐにそう言ってくれた。

一緒に過ごした時間が短くてもパパが凄い魔法使いであることはわかる。だからこそ、そんな凄い魔法使いであるパパに魔法を教わることができると思うと嬉しかった。

パパはどんなふうに魔法を教えてくれるのだろうか。

パパのようにわたしも凄い魔法使いになれたりするのだろうか。

そう考えるとわくわくしてきた。

わたしはパパが我儘を言ってもいいと言ってくれてから、時々こうしたいあれが欲しいと口にするようになった。最初は恐る恐るだったけれど、パパはわたしの我儘を、頭を撫でて受け入れてくれる。

というか、パパは本当にわたしの我儘を聞きすぎだと思うの。全然駄目だって言わないんだよ。

「——まずはベルレナの魔法適性を調べないとな。まぁ、身体は俺の造ったホムンクルスだから、ある程度基本属性は全部使えるだろうが」

パパはそんなことを口にする。

「魔法適性？」

わたしは魔法について学ぶ前に身体から追い出されてしまった。

その後二年間、わたしの身体を奪ったあの子や家族たちのことを見ていたけれど、ずっとあの子のことを見ていたわけではない。あの子が魔法について学んでいることはわかっていたけれど、いいなぁと思って見ていただけだった。

それになんでわたしが習うはずだったものを、わたしがやるはずだったものをあの子はわたしの身体を使って行っているのだろうって、悲しいって気持ちで一杯だったのだ。

だからあまり魔法についての説明はちゃんと聞いていなかった。

苦しい、悲しい、どうして——そんな気持ちしかわたしはあのとき、感じていなかったのだ。

あとあの子はわたしより頭が良いみたいで、すぐになんでも理解していた。わたしが一度聞いてもわからないことを、あの子は一度で理解して——、お父様とお母様に褒められていたのだ。

魔法についてほぼ何もわかっていないわたしにパパは言う。

「そうだ。魔法が使えるかどうかはその人自身の適性にもよる。それに魔力量もだ。幾ら魔力があったとしても適性が低ければ結局魔法を上手く使えない。逆に適性があったとしても魔力量が少なければやっぱり魔法は上手く使えない」

「両方ある人が凄い魔法使いってこと？」

「そうだな」

「じゃあ、パパは両方多い？」

「ああ。そうだな。俺は基本属性は全部使えるし、魔力量も多い。というか、魔力量が多いからこそ魔導師で、色々やっているうちに歳を取らなくなったんだが」

パパはそう言いながら紙に羽根ペンで何かを書く。それはわたしでも読める字だ。我儘の話をした日からパパとわたしの距離は近付いたと思う。

わたしは結構パパに話しかけていて、その中でパパはわたしがどの文字を読めるかなども知ったのだ。

「火、水、風、土、雷、光、闇。基本的な属性はこれだな。あとは属性がなくても使えるような無属性や、俺が使っている空間属性みたいにまた別の属性もあるが」

「属性沢山あるんだね」

それにしてもやっぱりパパって凄いなと魔法属性について学ぶと感じてしまった。たしか昔お兄様が口にしていた言葉だけど、属性って確か多いほど凄いはずだから。

それにしてもさっきわたしがパパの造ったホムンクルスだから基本属性を全部使えると言っていたけれど本当だろうか？　本当にわたしもそれだけ魔法が使えるのだろうか。

……もしパパの期待通りに魔法適性がなかったらパパは失望するだろうか。そんな風に考えて少しだけ落ち込んでしまった。

「ベルレナ、どうした？」

「なんでもない」

「なんでもなくはないだろう。何か思っているならちゃんと言え」

パパは真っ直ぐにわたしを見て言う。パパの綺麗な黄色の瞳に見つめられるとわたしは嘘なんてつけなかった。

「パパはわたしが基本属性を全部使えるって言ったけど、使えなかったらどうなるんだろうって……ちょっと考えちゃった」

「使えなくてもどうもしないだろ。それはそれだ。そもそも俺が造ったホムンクルスの身体で使えないってなるとベルレナのせいっていうより俺の配合が間違っていたってことだしな」

パパはわたしの心配に対してそんな風に告げて、何も心配しなくていいとでもいうようにわたしの頭を撫でてくれた。

やっぱりパパはわたしのことを甘やかしすぎだと思う。わたしはパパが甘やかしてくれると嬉しいけれど。

「もし魔法適性がなかったとしても、魔法適性について学ぶのはいいことなんだぞ。例えば自分が持っていない適性について学ぶことで、そういう相手と戦うときには役に立つからな。魔法が使えなかったとしても、道具を使ったりすればやりようはあるし」

「……パパ、そういう経験あるの？」

「そうだな。俺はそれなりにそういう経験はあるな。魔導師になるとその知識を奪おうとするやつもいるものなんだ。ベルレナも自分が望まなくてもそういう荒事に巻き込まれることもあるかもしれないから、最低限は自分の身を守れるようにはなったほうがいいだろう」

「そっか」

人と戦いたいとは思わないけれど、何かが原因で攻撃をされることがあるというのはわかる。

貴族の社会でも目立てば目立つほど、敵も増えるって言われていたし。パパはこれだけ魔法が使えるからそのことで色々あったのだろうと思う。

「基本属性はその名の通りだから想像はしやすいだろう。属性にも相性はあるが、相性だけでは魔法使いは計れない」

「っていうのは？」

「一般的に火は水に弱い。水で火は消されるから。ただ水にまけない炎だって魔法を使えば生み出せる。あとは他の属性と組み合わせるとかな。空間属性の魔法で炎を覆い、敵に近付いた瞬間にそれを解くと一気に燃え上がるだろう」

「色々な属性が使えるとそれだけで攻撃の種類が多くなりそうだね」

「ああ。その通りだ。ベルレナは呑み込みが早いな」

「えへへ。本当？」

「ああ」

パパに褒められて、わたしは嬉しくなった。

「ねぇ、パパ。空間属性っていうのが、パパが転移で使っているもの？」

「ああ。あとは食料庫もそうだな」

「凄いね。パパ！」

「ああ。空間属性は使い勝手がいいものだ。ベルレナも使えるようになったら今後、便利だと思う」

「違うよ。空間属性が凄いのもそうだけど、わたしはパパが凄いって思うの！」

「そうか？」

「うん！　わたしのパパ、凄いの！」

そう言いきったらパパは、そういうのを言われ慣れていないのかそっぽを向いた。やっぱりパパは照れ屋さんだと思う。

それからパパはわたしに魔法適性のことを教えてくれた。

そしていよいよわたしの魔法適性を測ることになった。


「ベルレナ、この水晶に触れてみてくれ」

パパがそう言って差し出すのは、丸々とした水晶である。これは魔法適性を測るために使われている魔法具らしい。

パパがその水晶に触れると、水晶は色とりどりに輝き始めた。その光景が綺麗で、幻想的で、わたしは思わず「わぁ」と声をあげてしまった。

「パパ、凄い!!」

そう言ってパパに近付けば、パパに頭を撫でられる。

「ベルレナ、この水晶に触れて少しだけ魔力を意識しろ。それだけで光るから」

パパにそう言われて、わたしはおずおずと水晶に手を伸ばす。ひんやりとして気持ちが良い。その冷たさにひたりたくなったけれど、魔力を意識しないと!!　と思って自分の身体の中の魔力を意識する。

そうすれば、触れた水晶が熱を持つ。びっくりした。そして光り輝く。光は色んな色があった。だけど、一番輝いていたのは——赤色だった。

その色の変化を見て、わたしは思わず声をあげてしまう。

「……わぁ。わたし、魔法使えそう!!」

「ああ。そうだな。使えるな。それにしてもやっぱりベルレナは火属性の適性が一番高いんだな」

「やっぱりって？」

パパはわたしが火属性の赤色を最も輝かせることがわかっていたみたいに言う。

どうしてそんなことがわかったのだろうかとわたしは不思議になってパパに問いかけた。

「そうだな。魔法の適性は何が原因でその適性を持つかわかるか？」

「わからないけど……血とか？　確か、親同士が火属性だと火属性が生まれやすいとかは聞いたことあるよ」

だからこそ例えば水属性が生まれやすい貴族の家で、火属性の子供が生まれたときに大変なことになっていたとお父様が言っていたと思う。お父様世代の貴族にそういう子供がいたらしく、親に酷い扱いをされていたのだと。

そういう経験があるからこそ、お父様は子供が望んだ属性じゃなくても気にしないって言っていた。わたしがその話を聞いて心配したとき、お父様はそう言っていたっけ。そんなことを思い出した。

「そうだな。血も大切だ。その流れる血と、そして魂が適性を決める重要なものだ」

「魂も？」

「そうだ。俺はベルレナの魂が燃えるような炎を感じさせる魔力だったと言っただろう。そんな魂を持っているベルレナが火属性を使えないはずはないとは思っていたんだよ」

「そうなんだ……」

わたしの家、クイシュイン家は火属性の魔法が得意な家だった。

火のクイシュイン家と呼ばれるぐらいに、炎に纏わる魔法を使いこなす人が多かったと聞いたことがある。

わたしはクイシュイン家の――ベルラだった頃の身体からとっくに離れているけれど、それでも火属性が一番得意だというのは、わたしがクイシュイン家の娘である証のようにも見えた。

「特に肉体というよりも、魂のほうが重要なんだと俺は思う。その魂が持つ適性が一番得意なんだろうな。ベルレナの例を見る限り。身体のほうの適性が優れているなら火属性よりも他の属性が光る可能性だって十分あったからな」

わたしはベルラのままだったら多分、火属性以外はそこまで光らなかっただろう。パパがわたしの魂を燃えるような炎の魔力としか表現しないことからもそれはわかる。わたしはベルレナになったからこそ、多くの魔法を使える可能性がある。

――やっぱりわたしはパパに出会えて良かった。

パパに出会えたからこそ、ベルレナになれて、そしてパパに出会えたからこそわたしはこんなにも沢山の可能性を思い抱ける。

「パパの魂は、じゃあどんな感じなんだろう……」

「流石に自分の魂がどんなふうかはわからないな。ベルレナが将来、俺みたいにそういうのを見られるようになったらわかるかもしれないが」

「それって後からでも見れるようになるの？」

「俺は生まれつきだからわからないが……」

パパの魂がどんな魔力を帯びているのか、私は気になった。だけどそれはわたしでは見えないかもしれないらしい。そのことに少しがっかりした。

きっとパパの魂なら綺麗な魂をしているのだろうって思ったから。

わたしは綺麗なものが好きで、パパのことも好き。

だからきっと綺麗なパパの魂を見れたら楽しかっただろうなと思ったのだ。

でも見れないものは仕方がない。せっかく魔法の適性があることがわかったから、魔法を早速使えるようになりたい。

「そっか。じゃあ、パパ、魂を見るのは一旦諦める。でも魔法を使えるようにはなりたい。パパ、教えて!!」

「ああ。もちろんだ。ただ俺は人に魔法を教えたことはないからな。教えるのが下手でも怒るなよ」

「パパに教えてもらえるならなんでもいい!!」

それにしても教えたことがないということは、わたしがパパの初めての生徒ってことになるのかな。

そう思うとなんだかわたしがパパの特別になれた気がして、嬉しくなってしまった。

「ベルレナは火属性の魔法の適性が高いから、それからやるか」

「うん!!」

わたしとパパは早速魔法の練習をしようと、屋敷の外に出た。流石に家の中で魔法の練習をするわけにはいかない。

初めて使う魔法で屋敷を傷つけてしまっても大変だしね。

まぁ、パパが言うにはこの屋敷全体にも魔法がかかっていて、並の魔法では傷つかないらしいけど。それを聞いてやっぱりパパは凄いなとわたしは思ったのだ。

さてまずはパパが見本を見せてくれるらしい。

「魔導師ディオノレが命ずる。火の神の加護をもって、火球を形成せよ。《ファイヤーボール》」

パパは見本だからか、詠唱をしてくれた。

パパレベルになると魔法を行使するための詠唱と呼ばれるものも紡がなくても魔法を使えるらしい。

パパはそもそも最初からこういう言葉を口にせずに魔法を使っていた。

パパの詠唱と共に現れるのは、一つの燃える火の弾だ。パパはそれを操り、わたしとパパの周りを一周させる。なんだかパパの手足みたいに火球が動き回っていて凄かった。

自分の身体ではないものを、別の物体をそんな風に動かすのってきっと難しいことだと思う。

「パパは『魔導師ディオノレが命ずる』と口にしていたけれど、これはわたしはなんて言えばいいの？」

「普通に『ベルレナが命ずる』でいいぞ。俺がわざわざ魔導師って口にしているのはそのほうが威力が上がるからだ。魔導師というのはただの称号ではなく、この世界が魔導師と認めたからこそ魔導師なんだ」

「……世界が認めたからこそ魔導師？」

「そうだ。ここにはないが、ステータスが見られるようなところに行ってみれば、俺のステータスには『魔導師』がある」

「パパ、凄いね!!」

どうやら世界に認められた魔導師だと『魔導師ディオノレが命ずる』と口にしたほうが良かったりするらしい。パパの無詠唱だと関係がないらしいが、詠唱をする場合はそのほうがいいんだって。

それにしても自分のことがわかるステータスって一回見てみたいな。

わたしはパパの娘だから、パパに恥じないわたしでいたい。パパが自慢の娘だと言ってくれるわたしでいたい。

――そのためにも魔法を使えるようにならなきゃ!!

そう意気込んでわたしは詠唱を口にする。

「ベルレナが命ずる。火の神の加護をもって、火球を形成せよ。《ファイヤーボール》」

ただ口にしただけでは不発だった。残念なことにわたしは一発で魔法を完成させることはできなかった。

何かが身体を抜けた感覚はあったけれど、それだけだったのだ。

パパの娘なのに、魔法適性があるのに上手く発動できなかった!! そんなショックから恐る恐るパパを見る。

「パパ……わたし、パパの娘なのに、一発で魔法できなかった！」

「いや、そんなに落ち込む必要ないぞ？　俺の娘だろうがなんだろうが、初めて使う魔法ならそんなに上手くできなくて当然だからな？　寧ろあれだけ魔法適性があるのだから伸びしろ抜群だろう。落ち込まずにもっと過信してもいいぐらいだ」

「……そんなこと言っても、落ち込むよ」

パパはわたしに対して優しくて、わたしのことを甘やかして――わたしにそんな風に言うけれど、落ち込むものは落ち込む。

パパがわたしに対して失望した気持ちなどを感じてなさそうなのは嬉しいけれど、わたしは自信をもってパパの娘だと言えるわたしでいたい。そしてパパを知っている人たちにわたしが流石パパの娘だって言ってもらえるわたしでありたい。

そのためには魔法をパパのように……は無理にしても、流石と言われるぐらい使いこなしておきたいのだ。

「……パパ、わたし頑張る!!　パパがもっと流石って言うぐらいに!!」

「なんだか妙にやる気だな？」

「当然だよ。だってわたしは魔導師のパパの娘になったんだよ!!　パパが流石わたしの娘だって言ってくれるようになりたいもん!!」

思わず本音を口にしてしまって「あっ」となった。

こんな風に口にしたわたしをパパはどう思うだろうか？　そう思ってパパを見たら、なんだかパパは口元を緩めていた。そしてまたわたしの頭を撫でてくれた。

パパに乱暴に撫でられて、髪は少しぐちゃぐちゃになる。だけれど、パパに撫でられると嬉しくてわたしは笑ってしまう。

それからわたしは必死になって魔法を何度も行使してみようとした。

だけど、

「うぅうう……できない」

上手く魔法が発動してくれない。

なんでだろう。わたしには魔力が多くて、適性もあるはずなのに。発動しないくせに、身体から魔力が失われていくのがわかるのが悔しい。

発動しようとはしているけれど、わたしが魔法を使うのが初めてだからか……中々上手くいかないのだ。

どうして上手くいかないのだろう？

……パパの前でこんなに魔法が上手くいかないなんて、なんだか悲しい。パパはわたしが魔法を使えなくてもいいいって言ってくれたけど、それでもやっぱりパパの自慢の娘としていたいから。

そう思って続けていたら、流石に疲れてしまった。

魔力を沢山使うというのは、疲れることだということがよくわかった。

「ベルレナ、そろそろやめよう」

「でも……」

「これ以上やったら倒れるかもしれないからな。駄目だ」

もっとわたしは練習したかったけど、そう言ってパパに止められたので諦めるのだった。

パパはわたしを抱えて屋敷へと戻った。練習がもっとできないのは残念だったけれど、パパに抱っこしてもらえると思うと嬉しくてわたしはパパの首に手をまわした。


魔法の練習はずっと続けている。

屋敷の外――とはいっても屋敷からの距離は五メートルもない場所なのにパパは一人で外に出るのは危険だと、わたしの魔法の練習に付き合って一緒に外に出てくれている。

この屋敷の周辺は魔物除《よ》けの魔法がかけられているらしいのだけど、パパはわたしを心配してくれているのだ。パパに心配されるとわたしは嬉しくてたまらない気持ちになった。

「ベルレナが命ずる。火の神の加護をもって、火球を形成せよ。《ファイヤーボール》」

何度も何度も練習して――ようやく魔力が形になって、魔法として外に出ていく感覚が理解できるようになってきた。

指先から煙だけが出た。火球の形にはならなかった。少しずつ進歩している……とは思うのだけど、魔法が得意なパパのことを知っているから、わたしが全然魔法ができない気になってしまう。

「もうすぐ形になりそうだな」

「なるかなぁ……。難しいね。魔法」

「最初はそういうものだ」

パパはそう言いながら、椅子に腰かけて本を読んでいる。

わたしが魔法の練習をするのを見ながら、太陽の下で本を読むパパ。

なんだかパパは綺麗な顔立ちをしているから本を読んでいるだけでも、まるで絵画か何かのようだ。

わたしはパパが大好きだから、パパを見ているだけでも楽しくなる。だから魔法の練習中にたまにパパを見てしまうと、じーっとよく見てしまう。魔法の練習しなきゃだけど、パパと話したいなとかそういう気持ちも強いのだ。

だけどパパの自慢の娘になりたいから、練習を頑張らないとと首を振ってまたわたしは魔法の練習をする。

何度も何度も繰り返すと、小さな炎の球ができた。

パパが作ったものよりもずっと小さいし、わたしは中々その火球を動かすことはできないけれど、それでもわたしにとっての初めての魔法の完成だった。

「パパ!!　見て、できた!!」

そう口にしながらパパの方を向いたらパパは「よくやったな」と口にして笑ってくれた。

パパの笑顔ってなんだか綺麗。笑っているパパを見ると嬉しくなった。

魔法が使えたとはいえ、小さな火の球なのに、それでもわたしは嬉しかった。

「パパ、わたし、凄い??」

「凄いぞ」

「パパ、そんな風に笑って凄いって言われるとわたし、本当に自分が凄いんだって調子に乗っちゃうよ!!」

自慢じゃないけれどわたしはすぐに調子に乗りやすい人間なのだ。ベルラだったときもわたしの言うことを聞くのは当然だって、わたしが一番可愛いんだってそんな風に思っていたもん。

「いいんだぞ。そうやってもっと調子に乗って。お前は実際に凄いからな。魔法は使えない人間はいつまで経っても使えないものだ。ベルレナは練習をしてもう使えるようになってるんだから」

パパはそう言って、わたしに笑いかける。

ああ、もうパパがそんな風に笑いかけてくれるとやっぱりわたしは、自分が凄いんだってそう思ってしまいそうだ。ちょっとぐらいなら調子に乗ってもいいかもしれないけれど、あまりにもそうならないようにしないと!!

パパに嫌われたくないもん。

それにこれから——わたしはベルレナとして誰かと出会っていくだろう。パパとこのままこの屋敷で二人っきりでも問題はないけれど、きっと誰かと出会っていくんだろうなとは思う。そのときに嫌われるよりも好かれたほうが嬉しいと思うから。

「パパにそう言ってもらえると嬉しい!! パパ、わたしもっと魔法を上手に使えるようになるから!!」

「おう。ベルレナが魔法が上手になるのを楽しみにしてる」

「ふふ、パパをぎゃふんって言わせるぐらい上手になるから。ちゃんと見ててね!!」

パパに向かって、わたしは得意げに笑う。

なんだか我儘だった頃のわたしと同じ感じになっていないか心配だけど、パパが笑っているから大丈夫かなと思う。

それにしても本当にいつか、パパが凄いって目を輝かせるぐらいに魔法が得意になりたいな。パパが驚くぐらいの腕になれたら、パパはわたしを自慢の娘だって笑ってくれるだろうか。

パパがわたしの隣で笑ってくれて、わたしの魔法が上達するのをずっと見てくれるのならばわたしは頑張れると思う。

「ベルレナが命ずる。火の神の加護をもって、火球を形成せよ。《ファイヤーボール》」

何度も何度も、それから一つの魔法だけを練習した。他の魔法に関しても興味はあるけれど、一つの魔法も上手にできないのに他の魔法を上手く使えるはずもない。

パパに褒めてもらうために、わたしはコツコツ頑張るぞー!! と《ファイヤーボール》の練習を続けるのだった。

幕間　身体を奪ったあの子　③／悪役令嬢の取り巻きであるはずの少女　①

「どうしてなのかしら」

私は部屋で頭を悩ませる。

私はベルラ・クイシュインとして転生した。それは確かな事実なのに、乙女ゲームの中のベルラ・クイシュインとは確実に乖離《かいり》している。もちろん、乖離を望んだ部分は全然変化して嬉しいけれど、私が望まないところが変わっている。

私が転生した影響で何かしら変わっているのかもしれないが、まさかネネデリア・オーカス――ネネちゃんと仲良くなれないことは想定外だった。

私はネネちゃんのことが前世から気に入っていたのだ。

茶色の髪と瞳の小動物系の可愛らしい少女。ゲームではベルラを目立たせるために、自分を着飾ったりはしていなかった。今世では私がベルラなのだから、ネネちゃんのことを思う存分可愛がることができると思ったのに。

ネネちゃんに「ベルラ様」って呼んでもらって、仲良くできると思ったのに。

何故だかネネちゃんは、わたしと仲良くしようとしてくれない。

……どうしてなのだろう。

私が思いつく理由は一つだけだった。私が転生する前のベルラのことを、ネネちゃんが嫌っているからではないかと思ったのだ。だってベルラは我儘だったから。我儘で自分勝手で——見た目が良くてもアレはないと思えるようなお嬢様だったベルラ。

それが理由でゲームのベルラは嫌われていたはずだ。

ネネちゃんに怖がられていて、ネネちゃんはいつもベルラに振り回されていたのだ。

だからこそ私は……そんなベルラとは違うよという態度をお茶会の度に見せていた。ネネちゃんとその兄であるアルバーノ・オーカスはクイシュイン公爵家と親しい家だからこそ、お茶会にはいつも参加しているから。

お兄様もゲームと同じようにアルバーノとそこまで仲良くないみたいだし、どうしてなのかしら？

私が転生者だからなのか——と考えると、ゲームの世界と変わっていって、ゲームの世界の知識は徐々に役に立たなくなるのかもしれないと思った。でも前のベルラとは仲良くなったはずなのに、私と仲良くなってくれない意味がわからない。

だって我儘なベルラより、今の私の方がきっとネネちゃんに優しくしているのに。

「ネネデリア様、私とお話しませんか？」

「ネネデリア様は何が好きなのかしら？」

「ネネデリア様は——」

私がどれだけ話しかけても、親しみをこめて笑いかけても——何故だか、ネネちゃんとの距離は縮まらない。

お茶会に参加している他の子供たちは「ベルラ様とネネデリア様は仲が良いのですね」なんて言っ

てくれるけれど、当事者だからこそわかる。これは私がただ話しかけているだけで、決してネネちゃんは心を許してくれていないのだ。

乙女ゲームの世界では、ネネデリアはベルラに怯えていたけれど、楽しかった記憶がなかったわけではないと語っていた。そのネネデリアにとって楽しかった子供の頃――が今のはずなのに、何故ネネちゃんは私と距離を置いているのだろうか。

もちろん、身分が高い私が話しかければネネちゃんは返事をくれる。――でもそこに心がない。

それにアルバーノもだ。

アルバーノ・オスカーは、幼い頃からお兄様と仲が良くて、ベルラとも仲が良かったはずだ。ベルラが乙女ゲームの時期のときの悪役令嬢として横暴になる前、子供の頃はベルラと仲が良かったはず……ファンブックにはそう書かれていたし。

お兄様が言うには、二年前まではもう少しアルバーノと仲が良かったらしい。やっぱり私がベルラとして転生をして、二年間もお茶会に来れなかったからだろうか。でもその間にお兄様はお茶会に参加していたはずだし……、やっぱりお兄様とアルバーノの距離が遠い意味がわからない。

「そういえばアルバーノは……一番酷いベルラの結末の処刑エンドのときとか、あとは追放エンドのときによくわからない言葉を残しているのよね」

乙女ゲームでのアルバーノを思い起こして、私はそう呟く。

確かそうだ。

アルバーノは、ベルラが破滅エンドを迎えるときに残念そうな顔を一人浮かべている。とはいえアルバーノはベルラの味方だったわけでもなく、ベルラの手伝いも何もしない。ベルラに関わることもなかった。

ただベルラが馬鹿な行動をするのをたまに冷めた目で見ているスチルはあった。そして最後には「あんなに綺麗だったのに」というよくわからない発言をしているのだ。

その発言を見た乙女ゲーマーは、アルバーノはベルラを好きだったのか？　ベルラとの間にフラグがあったのか？　といったことを考察していたものだ。同人誌ではベルラが生き残るエンドが書かれていて、それで相手役になっていたのはアルバーノが多かった。

ちなみにこのゲーム、逆ハーエンドもあった。

逆ハーは現実では難しいだろうが、逆ハーエンドもなかなか良いエンドだった。

ベルラはどのエンドでもほとんど破滅が待っている自己中心的なキャラクターなのだが、見た目がとても良いのでその見た目に惹かれているゲーマーは少なからずいて、同人でベルラが出ることも多かったらしい。

「理由はわからないけれど、ネネちゃんとアルバーノが私と距離を置こうとしているのは何か誤解しているのかもしれない。なんとか……ゲームが始めるまでに二人の誤解を解いて、仲良くできたらいいのだけど……」

正直言って幼少期のネネちゃんとアルバーノと仲良くしたいというのが、『ライジャ王国物語』にはまり込んでいた私の本音である。

でももしすぐに仲良くなれなかったとしても、いつか、ゲームが始まるまでには是非とも仲良くなってやるんだから！　と私はそんな決意に燃えるのであった。

＊＊＊

「……あの人は、なんなんだろう」

私の名前はネネデリア・オーカス。

オーカス伯爵家の長女で、今年八歳になる。お茶会は好きだけど、嫌い。昔まで大好きだったけれど、今はちょっと嫌い。

だって、そこにはベルラ様が――ううん、ベルラ様っぽく振る舞っている人がいるから。

ベルラ・クイシュイン公爵令嬢。

クイシュイン家の長女で、とても美しい令嬢。

私はベルラ様のことが大好きだった。だってベルラ様は、とても真っ直ぐで、自分の言いたいことをはっきりと言う人で――ちょっと我儘なところがあったけれど、私は綺麗で、お姫様みたいなベルラ様が大好きだった。

堂々としていたベルラ様は、周りが自分のことを好ましく思っていると疑ってない人だった。私と初めて会ったときも、「あなた、わたしと話しましょう」と言って笑って、皆が自分と話したがるのは当然だという態度だった。

私は同じ年頃の子供の中では背が低いほうで、そのことをバカにしてくる男の子もいた。そういう男の子が私は苦手だった。でもベルラ様がそういうのを見て、注意してくれた。ベルラ様が私を傍に置こうとしたのは気まぐれだったと思う。けれどもベルラ様は私が言い返せもしない男の子相手に自信満々に向き合っていてその姿が眩しくて、憧れた。

ベルラ様は確かに噂されるように我儘なところはあったけれど、私は逆にその我儘さが、強さが好きだった。

そんなベルラ様が倒れたと聞いたとき、私は心配した。心配してベルラ様のことばかり考えていたとき、私の身にそれどころじゃないことが起こった。

私が自分の身体から追い出されて、誰かが私の身体を使っていた。

私は浮いていて、何にも触れなくて――意味がわからなくて、泣き叫んだ。

でもその声も誰にも聞こえなくて、それなのに私の身体を使っている人がいて――意味がわからなかった。

そんな私を助けてくれたのは、アル兄さまだった。

アル兄さまは……二人いるお兄様のうちの一人で、正直何を考えているか普段からわからない人だった。

だけど私と一緒でベルラ様のことを気に入っていたから、私とベルラ様の話を時々していた。それぐらいの、あんまり深く関わっていない兄妹だった。

アル兄さまは勉強が好きでよく閉じこもっていて、食事に顔を出さないことも度々あったし。

だけど、あの日――数日ぶりに会った私に――ネネデリア・オーカスという私の身体を使っている人と対面したアル兄さまは驚くことを言ったのだ。

「――お前は誰だ。ネネデリアではないだろう」

アル兄さまは、他の誰も気付かなかったのに。お母様もお父様も、一番上のお兄さまであるキデ兄さまも、侍女たちも――誰一人気付かなかったのに、アル兄さまは気付いてくれたのだ。

そしてアル兄さまがその言葉を口にして、私の身体を使っている人が驚いた途端、私は自分の身体に戻ったのだ。

「アル兄さま!! アル兄さま、アルにぃさまぁっ」

「今度はちゃんと、ネネデリアか。なんだ、あれは」

「わかんないぃぃ。急に私の身体、使ってて!! 誰も私じゃないってきづかな……くて!! アルにぃさま!!」

私は自分の身体に戻った途端、それはもう泣いた。普段、大人しくてこんな風に大きな声で泣き声をあげない私がこうして泣くから、侍女たちも集まってきて、「アルバーノ様、ネネデリア様に何かしたんですか!?」なんて言われてた。

アル兄さまが私に何かして私が大泣きしていると思ったらしい。そんなことない。私はアル兄さまからそれからしばらく離れなかった。それに私が私じゃないことに気付かない人たちなんて知らない!! って周りに冷たくしてしまった。

周りはアル兄さまの入れ知恵で私がこうなったとか散々言っていて嫌だった。

だって私がこんな風な態度になっているのはみんなが気付いてくれなかったからなんだよ。

私が私じゃない誰かになっても、アル兄さま以外誰一人気付いてくれなかった。中身が違う人だって誰一人わからなかった。

そのことで私はとても悲しかったから。

だけどそんな私にアル兄さまは言うのだ。

「ネネデリア、お前がお前じゃないと周りが気付かないのも仕方がないだろう。そうやって冷たくするより愛想よくして仲良くしたほうがやりやすい」

「でも……私に気付いてくれなかった!!　アル兄さまだけだった!!」

「……俺は人の色みたいなのが見えるからだ」

「色？」

「ああ。その人自身の色というか、なんとなく、その人の性格か魂か、なんなのかわからないけど見えるんだ。これは俺とネネデリアの秘密な。あの〝ネネデリア〟はネネデリアとは違う見え方をしていたから」

アル兄さまは不思議なことに人が色で見えたりするらしい。アル兄さまがそんな能力を持っているなんて私は知らなかった。

「そうなんだ……。アル兄さま凄い」

あのままだったらと思うとぞっとする。私はあのまま身体を使われていたらどうなっていたのだろうか――私の身体を使う誰かが私として生きていたのだろうか。

私は最初、家族にこの現象のことを話そうと思っていた。でもアル兄さまは言っても頭がおかしいと思われるだけだと言っていた。でも確かに、私は自分が経験したことじゃなかったら「何を言っているの？」と思ってしまったかもしれなかった。だから結局私に起きた事象はアル兄さましか知らない。

アル兄さまが私を助けてくれたから、それから私はキデ兄さまよりもアル兄さまにべったりになった。そしてアル兄さまの助言通りに、周りに冷たくすることをやめた。キデ兄さまが寂しそうだったけど、それは知らない。だって私を助けてくれたのはアル兄さまだけだもん。

アル兄さまと二人でお茶会に参加することは多くなったのだけど、ベルラ様は体調を崩しているとのことで全然来なかった。私はがっかりした。ベルラ様の姿を見られたらもっと元気になれたのに。

それにアル兄さまもがっかりしていた。

アル兄さまの秘密を知ってベルラ様の話を二人でしたのだけど、アル兄さまにはベルラ様が何色にも染まらない美しい真紅に見えるんですって!! なんて素敵なの!! ベルラ様には何色にも染まらない真紅は、とっても似合うわ。私もアル兄さまのようにベルラ様の色が見えたら良かったのに!! と思えてならなかった。

二年間ベルラ様はお茶会に来なかった。心配で仕方がなかった。――そして八歳になってベルラ様がお茶会に復帰した。

けど、久しぶりに会うベルラ様は、私の憧れるベルラ様ではなかった。

なんだか大人しくて、あの強烈な真っ直ぐさがなかった。

視線が違う。動作が違う。ベルラ様はもっと、私を射貫くように見るのに。

意味がわからなくて、これは誰なのだろう――私の憧れたベルラ様にはもう会えないのだろうかと思ってがっかりした。

アル兄さまもじっとベルラ様を見ていた。

そして嫌そうな顔をしていた。わかりにくい一瞬だったけれどこの二年ずっとアル兄さまと仲良くしていた私にはわかった。

そして家に戻ったアル兄さまは言ったのだ。

「……あれはベルラ様じゃない。ネネデリアと同じことが起こったのかもしれない」

――私と同じ目にあって、ベルラ様は……身体を奪われてしまったのだと私は理解した。

それからベルラ様の身体を奪って、ベルラ様のふりをしてくるあの人が嫌いだった。ベルラ様なんて呼びたくもない。私の憧れたベルラ様じゃない。

なのにあの人は、私とアル兄さまに関わろうとしてくる。

――あの人なんてどうでもいい。それより、本物のベルラ様は、どこに行ったのだろうか。

第四章 パパのお友達と街への滞在

「できた!!」

パパに魔法を習うようになってからしばらく経った。わたしは《ファイヤーボール》の魔法を自在に操れるようになっていた。とはいえ、その動かせる火の球も一つだけで、パパと比べると全然なのだけど。

それでもこうしてできることが増えることが嬉しくて、わたしはパパにすぐに報告した。

本を読みながらわたしが魔法を使う様子を見ていたパパは、わたしの頭を撫でてくれた。なんだかパパに頭を撫でられると、とても温かい気持ちになる。

「じゃあ、次は違う魔法も練習してみるか」

「うん!!」

もちろん、《ファイヤーボール》一つを自在に動かせるようになったからとその練習を怠る気はないけれど、一区切りのところまでできるようになったから他の魔法についても学ぶことにする。

ただ火属性の魔法よりも他の適性の魔法はなかなかすぐに使えるようにはならなかった。これもわたしが火属性の魔法が一番得意な証だってパパが言っていた。

「それにしてもやっぱりベルレナは優秀だな」

「だってパパの娘だもん。もっと使えるようにならないと!!」

パパに優秀だって言われるのが嬉しい。魔法が大得意なパパの娘として、もっと魔法を使えるようになりたい。見た目はわたしとパパは親子にしか見えないけれど、実際は親子歴も短いから。

わたしはもっとパパの娘として相応しくなりたい。

しばらく魔法の練習をした後は、わたしはパパと散歩に向かった。

パパに忠告されている通り、屋敷から出るときはいつもパパと一緒だ。この山には不思議な植物や魔物が沢山いて、パパに教われば教わるほど、やっぱりこの場所は危険なんだなと実感した。

こんな危険な場所でわたしが安全に暮らせるのは全てパパのおかげなのだと思うと、やっぱりパパは凄いなと思った。

「ねぇ、パパ。わたし、魔法をもっと使えるようになったら一人で散歩も行ける？」

「そうだな。俺が大丈夫だと思えるぐらいにベルレナが魔法を使えるようになったらな」

「そっか。じゃあ、わたし、それを目標にする!!」

わたしはパパと一緒にお散歩するのが楽しい。

パパが隣にいてくれるというだけで、なんでも楽しく感じてしまう。だけど、わたしが外に行く度にパパの時間を奪ってしまうのは申し訳ない。

それにこの広い山を色々と一人で見てみたい気もする。そしてパパの知らない一面を探して、それをパパに見せたりできるようになったらきっと素敵ではないか。

そんなことを考えてワクワクしてしまった。

「パパはわたしが魔法を使えるようになったら嬉しい？」

「そうだな。安心できるしな」

「ふふ、じゃあもっと頑張る!!」

魔法を上達させることは自分のためでもあり、パパのためでもある。

昔のわたしだったら、自分のことしか考えていなかっただろう。公爵家の娘が魔法を上手に使えないことは恥だからとそんな風に周りも言っていたし、わたしは公爵家の娘として、火属性が得意な家系に生まれた娘として――魔法を誰よりも上手くなろうとそれしか考えていなかった。

そんなわたしが今は、パパのために――って誰かのために何かをしようとしている。そう考えると自分の変化が不思議だった。

ふとした瞬間に、すぐにあのときの出来事を考えてしまう。

そしてわたしの身体を奪って、わたしとして生活しているあの子のことも――。考えても仕方がない。もう事が起こる前には戻れないことは知っているけれど、ふとした瞬間に考えてしまうのは、それだけあのときの出来事がわたしにとって衝撃だったからといえるのかもしれない。

「あれ?」

パパと一緒に散歩から戻り、屋敷へ向かっていると――屋敷の傍に人影があった。それにこの前、パパのもとへ手紙を届けに来ていたトバイもいる。

赤髪のその人は、パパとわたしに気付く。

「よう、ディオノレ」

そしてそう言って声をかけるのだ。

パパはその人に声をかけられて、少し嫌そうな顔をした。どうしてそんな表情をしているのだろうか。それにしてもトバイが横に控えているということは、この人がトバイの主人であるニコラドさんなのだろうか。

わたしはそう思いながらまじまじとその人を見る。

綺麗な赤色。

なんだかベルラだった頃をちょっと思い出してしまった。わたしの昔の家族はみんな綺麗な赤髪だったから。

その人はわたしに気付いているだろうに、わたしに話しかけることはなく、パパだけに話しかけている。よっぽどパパと話したかったのだろうか。それともわたしのことが嫌いなのだろうか。

「……ニコラド、何故いる」

やっぱりこの人がニコラドさんらしい。パパとは違った意味で綺麗な顔立ちの人だ。なんだか活発そうな見た目で、パパとこういう人が友達というのは想像していなかった。

「何故って、お前がホムンクルスの娘ができたとか言っていたからな。興味本位で来たんだ。昔からホムンクルスの身体はできても魂まではないとか言っていただろう。どうやってホムンクルスを生み出すかというのがお前の長年の課題だっただろう。それが急に解決したっていうんだ。しかもわざわ
ざ俺に連絡をくれるなんてさ」

楽しそうに笑ったその人はようやくわたしのほうに視線を向ける。まじまじと見られてちょっと怖い。トバイの主人だし、パパの友達なら怖くないはず……と思うけれどやっぱり怖いものは怖いのだ。

わたしはパパの後ろへと思わず隠れる。

「この子がホムンクルスねぇ……。生まれたばかりのホムンクルスなら赤ちゃんみたいなものだろ。俺はニコラドって、言葉わかんねぇか？」

「……わかる。わたし、ベルレナ。よろしくお願いします」

「うおっ、いきなり喋ったぞ、こいつ。生まれたてのホムンクルスってこんな喋るのか？」

「……ニコラド、ベルレナの魂は見た目通りの年代だ。赤ちゃん扱いするな」

ニコラドさんはパパの言葉に怪訝そうな表情をして、わたしのことをまたまじまじと見る。

そんな風に見られるとちょっと驚いて、わたしはパパの後ろに隠れてしまった。

それにしてもニコラドさんの言っていることはどういうことなのだろうか。わたしの魂が赤ちゃんみたいだとそんな風に思っている？

「おい、まさか、ディオノレ!!　どっかから魂引っこ抜いてきたのか!?　攫ってきたのか!?」

なんだか怖い顔をしてニコラドさんがそう言うから、わたしは身体をびくつかせてしまった。

「そんなことはしない」

「本当だろうな？　お前、研究のためならそのくらいしそうだからな」

「本当だ。それに俺も流石にそんなことまではできない」

「おい、できないって、できたらやるつもりなのか??」

「……ベルレナがいるからそんなことはしない」

パパがそう言えば、ニコラドさんは驚いたような表情を浮かべた。どうしたのだろうか？

「お前、まじか!! やばい。めっちゃおもしれー!! ホムンクルスの子供と暮らしているって聞いたからもっと荒《すさ》んだ関係かと思ったのに!! あのディオノレが!!」

驚いた顔を浮かべたかと思ったら、ニコラドさんは爆笑し始めた。わたしはその笑い声に、恐る恐るパパの後ろから顔を出す。

それにしてもこんな風に声をあげて笑っている人、初めて見た。

公爵家では貴族としてこんな風に声をあげて笑うことはしてはいけないって言われていた。はしたないからって。……でもそっか。わたしはもう、公爵家の娘ではないから……、こんな風に爆笑してもいいのかもしれない。そういう機会があるかはわからないけれど。

「……煩いぞ」

「ははは、だってしょうがねーだろ。あのディオノレが小さな女の子を可愛がっているとか思わねーもん。はー。笑った」

ひとしきり笑ったニコラドさんは、相変わらず笑顔を浮かべている。そしてしゃがみこみ、わたしと目線を合わせる。そしてにっこりと笑った。なんだかパパと違って人懐っこい笑みというか——、そういう明るい笑みだ。

さっきまでわたしに興味がなさそうにしていた人とは別人のようだ。

「ベルレナ、中身何歳だ?」

「八歳……」

「八か、うん、見た目通りの年齢だな。それにしてもディオノレが中身が八歳の女の子を可愛がっているとか。うん、いいことだな」

　そう言いながらニコラドさんはわたしのことをにこにこして見ている。そしてわたしの頭に手を伸ばそうとして、パシッとパパに叩かれてはじかれていた。

「うわ、なんだよ。ちょっとベルレナのことを撫でようとしただけだろ？　ベルレナは俺に撫でられるの嫌だったか？」

「ううん。撫でられるのは好き」

「そうか、そうか。可愛いなぁ。なぁ、ディオノレ、ベルレナがいいって言っているからいいだろ？」

「駄目だ。ベルレナ、こいつは不審者だ。撫でられるのは駄目だ」

　……わたしはニコラドさんに撫でられても全然良かったのだけど、なぜかパパはニコラドさんに撫でてほしくないみたい。

「じゃあ、ニコラドさん、だめ」

「は！　拒否られた!!　なんだよー、ベルレナはディオノレ大好きかよー。俺とも仲良くしようぜ？」

「ん、パパ、大好き!!」

　パパのことが大好きだと告げれば、パパに頭を撫でられた。

　その様子を見て、またニコラドさんは面白そうに笑っていた。

　それから外で話すのも……ということで屋敷の中に入ることになった。トバイは山で散歩をしてくるということで、三人だけで中へと入った。

「それで結局ベルレナはどこから来たんだ？　本当にディオノレが無理やり攫ってきたわけではないんだよな？」

「うん。パパはわたしを助けてくれたの!!」

パパが無理やりわたしを攫ったのではないかと心配しているみたいだけど、そんなことがあるわけない。パパはわたしと出会う前がどうだったかはわからないけれど、わたしにとっては自慢で優しいパパなのだ。

わたしはパパの隣に座っている。パパをちらりと見て見上げれば、パパが小さく笑ってくれた。

やっぱりパパの笑った顔は綺麗だ。その綺麗な笑みを見るだけで、わたしは嬉しくなってにこにこと笑ってしまう。

「助けてくれたねぇ……。こいつがなんの理由もなしに助けるようには見えないが、最初はどうだったんだ？」

「最初はパパがわたしを使うって言ったの！」

「やっぱり利用する気満々じゃねーか!!」

「……最初だけだ。今はそういう気はない」

「うわ、最初はベルレナのことを利用する気だったのかよ。そもそも攫ってきたんじゃないならどっから拾ってきたんだ？」

ちなみにニコラドさんはわたしとパパの向こう側に座っている。向かいの席から楽しそうにこちらを見ている。

「こいつは神の悪戯の被害者だ。それで彷徨っていた。そこを俺が見つけたんだ。そのまま消えかけていたんだよ」

「……あれかぁ。俺も噂は知っているが、実物は見たことなかったな。本来の魂を追い出して、違う魂を入れられるっていう神の如《ごと》き所業だからそう呼ばれているけど、実際はどうなのかっていうのもわかっていないしな」

ニコラドさんも神の悪戯についてのことを知っているらしい。

それにしてもニコラドさんももしかしたらパパと同じく魔導師なのだろうか？　となると、ニコラドさんも凄い人なのかな？　トバイのような使い魔が居る時点でよく考えたら凄い人なのか。

でも一番凄いのはわたしのパパだけどね!!

「消えかけてたってことは、ベルレナはディオノレに見つけられなきゃ今ここにいなかったってことか」

「うん!!　わたし、パパに出会えたからこそこうして物も食べられるし、何かに触れるし、誰かと喋れるもん」

わたしが食事をできるのも、何かに触れられるのも、誰かと喋れるのも――全部全部、パパのおかげなのだ。そう思うとやっぱりパパにありがとうって気持ちでいっぱいになる。

「そうか。良かったなぁ」

そう言いながらニコラドさんは、柔らかく笑った。

それにしてもニコラドさんは初対面のわたしにもずっと笑顔を浮かべている。パパはぶっきらぼうなことが多いけれど、ニコラドさんは笑っていることが多い。割と正反対に見えるけれど、仲良しなのが不思議だなと思う。

「それにしても神の悪戯か……。ディオノレがはっきりと魂を感じられるから見つけられたんだろうな。俺じゃ気付けなかったかもしれないな。案外、俺達が把握していないだけで同じような現象は度々起こっているのかもしれないな」

ニコラドさんはそんなことを呟いていた。……知らないところで神の悪戯が起こっていると思うと、わたしはちょっと怖くなった。気付けば、知り合いが違う人になっている可能性があると思うと怖い。

わたしにはもう一度同じ状況になることはないし、なってもパパがすぐに見つけてくれると言っていたけれど、やっぱりあの二年間はわたしにとって衝撃的な二年間だったのだなと思う。

それにしても魂が見えるのってパパだからなんだなと驚いた。魔導師だから魂が見えるってわけではないみたい。

「こいつがさ、ホムンクルスの子供と生活をし始めただとか、子供が喜ぶにはどうしたらいいかとか手紙をよこすから何かと思ったんだ。それで興味が出てここに来たけど、来て良かったよ。ベルレナに会えたし」

ニコラドさんはそう言って笑ってくれる。わたしはその明るい笑みに、笑みを返した。

「可愛いなぁ、ベルレナ。俺の子供はとっくに大きいからな」

「ニコラドさん、子供いるの？」

「いるぞ。もう五十も超えているけどな。小さい頃はそれはもう可愛かったんだぞ」

ニコラドさんの見た目は、五十を超えるような子供がいるようには見えなかったから驚いた。

だけどニコラドさんが嘘を言うわけもないから、本当のことだろう。ニコラドさんにそんな大きな子供がいるなんて全く思えなかった。

やっぱりニコラドさんも魔導師なのだろう。ニコラドさんの子供たちも魔導師なのかな？

そんなことを思っていれば、ニコラドさんがパパに声をかける。

「ディオノレ、この年頃の子供は可愛いからな。年頃になると女の子だとアレだな、パパと一緒に過ごしたくない!! とか、パパなんて嫌い!! とか言い出すぞ」

からかうような笑みでニコラドさんがそう言えば、パパが固まった。そしてわたしの方を見る。なんだかショックを受けたような表情で、わたしはびっくりした。

「はははは、めっちゃおもしれー!! ベルレナ、こいつ、大きくなったベルレナにそういう態度取られたらどうしようって不安がってるんだぞ」

「え？ パパ、大丈夫だよ!! わたし、パパのこと、大好きだもん。わたしを助けてくれた大好きなパパにそんな態度取らないよ!!」

わたしが慌ててそう言えば、パパは少しだけ口元を緩めた。そしてまたわたしの頭を撫でる。

そんなわたしとパパの様子を見て、ニコラドさんは笑っていたのだった。

それからニコラドさんは泊まっていくことになった。パパとお話があるとのことで、わたしは一人で本を読んで過ごした。

ニコラドさんが泊まると、パパも普段とは違う姿を見せていた。やっぱりわたしに見せる姿と、友達であるニコラドさんへの姿は違うのだろう。その様子を見るのも楽しかった。

ニコラドさんは泊まっている間にパパの昔の話などをしてくれた。ニコラドさんはおしゃべりで話し上手だったから楽しく聞いた。

翌日になってニコラドさんは「また来るから」と言って去っていった。

＊＊＊

ニコラドさんはそれから時々屋敷にやってきてくれるようになった。

ニコラドさんはいつもわたしにお土産も持ってきてくれる。それに対抗してパパも色々買ってくれようとするんだよね。

わたしはパパが一緒に居てくれるだけでいいんだよって伝えたら、パパは嬉しそうに笑ってくれていた。

「ニコラド、また来たのか？」

「そんなに嫌そうな顔をするなよ。ベルレナは俺と会えて嬉しいだろ？」

「うん！」

パパは少しだけ嫌そうな顔をしているけれど、それでもニコラドさんのことを心の底から嫌いなわけではなさそう。

パパって全然素直じゃないんだよね。

なんだろう、素直に自分の気持ちを言うことがあんまりないというか。だけどそんなパパもわたしに対しては結構わかりやすいと思う。わたしはそういう態度をパパから示してもらえることがとても嬉しい。

「ベルレナは本当に可愛いなぁ」

「ふふ、ありがとう、ニコラドさん」

ニコラドさんはわたしの頭を撫でたそうにしているけれど、わたしはそれを拒否している。

だってパパがちょっと嫌そうだからね！　ニコラドさんはわたしとパパの様子を見ながら本当に楽しいのか、いつもにこにこしていて、わたしも嬉しくなる。

ニコラドさんって、パパよりも表情豊かだよね。

あとね、ニコラドさんは街で流行っているものとかもよくくれるの。わたしはニコラドさんがどういった暮らしをしているか詳しくは知らないけれど、都会で暮らしているみたい。ニコラドさんも転移魔法が使えるそうなので、本当に凄いなって思う。

「俺はディオノレほど、転移魔法が得意ではないけどな」

ただニコラドさんに聞いたのだけど、転移魔法であそこまで自由に動けるのはパパだからみたい。ニコラドさんも転移は使えるけれど、パパほどではないんだって。

「ニコラドさんはどういう魔法が得意なの？」

「俺はそうだなぁ。火と雷の魔法が比較的得意だな」

「パパは？」

「ディオノレは元々万能型だからな。全ての属性の適性が均等にあって、ほぼ全部得意だろう」

その言葉を聞いてやっぱりわたしのパパって本当に凄いんだなぁと嬉しくなった。

「パパって本当に凄いね。わたしにとって自慢のパパだよ」

「……そうか」

パパは少しだけ嬉しそうな顔をしている。

「ははっ、ディオノレ照れてんのかー？」

「煩い」

パパはニコラドさんにからかわれて、ニコラドさんのことを睨みつけていた。

本当に仲がいいなぁとわたしは二人を見ていると嬉しくなるのだった。


「ベルレナ、どこか行きたいところはあるか？」

「どうしたの、パパ、急に」

ニコラドさんが屋敷にやってくるようになってしばらく経ったある日、パパが急にそんなことを問いかけてきた。わたしは驚いてパパを見る。

「ニコラドが言っていた。ベルレナぐらいの子供を屋敷にだけとどまらせておくのは可哀そうだと。もっと行きたいところがあるはずだと。ベルレナは前よりも何をしたいと口にするようにはなったが、それでも我儘が少ないと言っていた」

またニコラドさんから話を聞いたらしい。なんだかんだパパはニコラドさんの意見を結構聞いているなぁと思う。

ニコラドさんは子供がいて、お父さんだからこそ、そんな風にパパに言っていたのかもしれない。それにしても本当にパパはわたしのことを甘やかそうとする。そういう甘やかしをされるとわたしは昔みたいに我儘になってしまうのではないかと思うけれど、それでもパパに甘やかされるとわたしは嬉しい。

「パパ、わたしね、パパと一緒にいられるだけでも幸せで、満足しているから。パパと一緒ならどこでも楽しく思えちゃうだろうし」

そう言ったらパパに頭を撫でられる。

パパはわたしの頭を撫でるのが好きだなと思う。少しだけ口元を緩めているパパはなんだか美しくて、なんだか見ているだけでも嬉しくなる。

「俺はベルレナがそう言ってくれることは嬉しい。だけど、ベルレナを色んな所に連れて行きたいとも思っているんだ。だから本でも一緒に見るか？　幸い、この屋敷には色んな場所についての本があるからな」

「見たい!!」

そんなわけでパパと一緒に書庫で本を読むことにした。

なんだかパパと一緒に本を読めると思うだけでもそれだけで楽しそうでワクワクしてしまう。

書庫の中に二人で入る。パパと一緒に本を選ぶ。パパが上の方にある本を取ってくれる。

「……俺は魔法の本ばかり買っていたからあまりそういう本はないけどな」

「魔法の本が沢山で嬉しいから全然!! ねぇ、パパ、そういう本も今度、買いたいね」

「そうだな。ちょっと今日、見て回ってベルレナの興味があるところがなかったら街に行くか」

「それもいいね!! わたし、パパとならどこでも行きたいもん!!」

なんだかパパがわたしのことを考えて、わたしが行きたい場所に行こうとしてくれていることが嬉しくて、パパと一緒にこうして書庫で本を読めることも嬉しくて……思わず興奮してしまう。

こんなに興奮していてパパはわたしに呆れたりしないだろうか。そう思いながらパパを見れば、パパは「どうした?」と言いながらわたしのことを撫でてくれた。そんなパパを見てわたしは笑った。

その後、わたしは書庫にどんな本があるかなと探し始めた。

「ねぇ、パパ、これは??」

「これは魔法の歴史についてその国それぞれのことが書かれているものだな。確かにこれだと、色んな国についてわかるだろうな」

パパがそう言って、わたしに笑いかけてくれる。やっぱりパパの笑顔は素敵で見ていて嬉しい。

パパが椅子に腰かける。そして腰かけたかと思ったら、手をかざしてわたしを浮かせる。

「パパ?」

不思議な気持ちでパパを見れば、次の瞬間、パパの膝の上にわたしは乗せられていた。

「わっ、パパ、重くない?」

「重くない。こっちのほうが見やすいだろう」

パパはそう言いながら、わたしに本を見せてくれる。

なんだか一人で本を読むのも楽しいけれど、こうして背中にパパの体温を感じて読むのはもっと楽しい。パパと一緒に本を読むのはなんだか今までと違う感覚。やっぱり、誰かと一緒に何かをすることは楽しいことなのだと実感する。

身体を奪われてわたしは誰かと何かをすることができなかったから、こうして誰かと触れて、誰かと一緒に何かをすることも楽しい。

「パパ、どういう場所がパパは好き？」

「俺か？　俺はまぁ、人がいない場所は結構好きだが。そうだなぁ……、シェアンドイ山の雪景色とかかな。あれは結構いいぞ。今の時期は見られないが、ああいう場所は精霊や希少な動物もいるからな。時季になったら行くか？」

「うん、もちろん!!」

パパの言う風景がどんなものなのか、わたしにはわからない。パパと一緒に、パパが素敵だと思う景色を見ることができればきっと素敵だろうなと思った。

「ねぇ、パパ。これ、凄く綺麗」

わたしはそう言いながら、一つの絵をパパへと見せる。その絵はとても巧妙に描かれていた。

美しい街並みの風景。

レンガ造りの建物が並び、色とりどりのランプが並んでいる。

なんて綺麗な街だろうと、わたしの胸は高鳴った。

「ここか。ここは街並みが綺麗なことで有名なレンドンの街だな」

「パパは行ったことある？」

「ここがもっと小さな村だったときに行ったことはあるな」

「そうなんだ……」

パパはわたしよりもうんと長生きしていて、だからこそ多くの場所を訪れたことがあるのだろう。絵を見ている限り、このレンドンという街はとても栄えている。この街が昔は村と呼べるほどに小さかったなんて信じられなかった。

私は村というものを、お父様たちに習った範囲でしか知らない。信じられないほど少ない人たちの共同体。魔法具も少なくて、食べ物を作っている人たちばかりがいると聞いた。

わたしには関係ない世界の話だと、気にしたこともなかった。けれど、今は村というものにも行ってみたいと思った。その村を見た後に、このレンドンの街に行ったら何か違う感覚に陥りそうな気になった。

「ここに行くか？」

「候補にしておく!!」

「行きたい所、全部連れて行くから全部言ってくれていいぞ」

「もう!!　パパはわたしを甘やかしすぎ！　いいの。わたし、とりあえずパパと行きたい場所を一つ決めるの」

パパの言葉に頷いて、パパに甘やかされて全部言うことを聞いてもらっていたらわたしはまた我儘になってしまう。

パパはわたしがあまりにも我儘を言いすぎたら注意すると言っていたけれど、パパと訪れる一つ一つの場所を大切な思い出にしたいから、楽しみは時々にしておきたいなと思った。

「わぁ……ねぇ、パパ。この湖、とても大きいんだって!! どのくらい大きいのかな?」

「そうだな。深さもこの屋敷が四つ縦に並んでもすっぽり入るぐらいだ。面積も広いぞ」

「そうなの? パパ、なんでそんなこと知っているの?」

「一回、どのくらいの深さか気になって潜水の魔法使って潜ったからな。横穴も多くてまるで迷路みたいで楽しいぞ。まぁ、魔物も多いから一人で行くには危険だが。この湖はその美しさで有名だが、この本を書いた者は水中の美しさは知らないんだろうな」

「へぇ」

魔物がいる場所だと普通の人ならばきっと危険だろう。

パパが水中の様子を知っているのは、パパが魔導師でとても強いからと言えるだろう。やっぱりパパは凄いなと思った。

パパはきっと普通の人が行けない場所に沢山行ったことがあるのだろう。それだけの力をパパは持っている。

そういえばお父様も、お金がなければ入れない場所があるとかそういうことを言っていたっけ。お金を持っているって一つの力なのかもしれない。

それからパラパラと本をめくりながら、行きたい場所を幾つか選んでいく。その中でベルラ・クイシュインだった頃行ったことがある場所もあって、少しだけ気になったけれど、わたしは首を振った。

わたしはもうベルラじゃない。ベルレナとしてここに居る。

それにわたしの身体を奪ったあの子のことを憎んでいるわけではないけれど、目の前で動いているベルラを見たらわたしはどんな行動をしてしまうかわからない。

わたしはパパと出会えて、パパの娘になれて幸せだけど、まだあのときの神の悪戯と思える出来事に対して折り合いがつけられていないのだ。

それよりも、パパと行きたいところを考えないと!!

行きたい場所は正直言って沢山あって、どこに行こうか悩んでしまう。

パパと折角のお出かけ。パパがわたしを連れて行ってくれると言ってくれているのだ。パパも楽しめる所がいいな。

「ねぇ、パパはどこに行きたい?」

「俺はベルレナが行きたい所でいいんだ」

「……でもわたしだけ楽しいんじゃ嫌だよ」

「俺はベルレナが楽しそうだと嬉しいからいいんだよ」

パパの行きたい所はどこだろうと問いかければ、そんな風に笑われた。

優しく、慈しむような笑みを向けられるとなんだか幸せだなぁと思った。パパがそう言うならわたしだけでとりあえず決めよう。

どこにしようかな？　とパパの膝の上で悩む。

どこがいいかなとずっと悩んでいるわたしをパパは優しい目で見ている。

「決めた。レンドンの街に行きたい!!」

そしてわたしはレンドンの街に行ってみたいとパパへと告げるのだった。

＊＊＊

「パパ、とても綺麗だね」

「ああ」

わたしとパパは今、乗り合い馬車の中にいる。

今日の天気はとても良くて、青い空と白い雲が視界に広がっている。馬車の外にはあまり生物も居なくて、とてものどかな光景が広がっているのだ。ちなみに生物の姿があまりないのは、街道に魔物が近付かないようにと対策がされているからみたい。

馬車の外を見て、はしゃぐわたしをパパは優しい目で見てくれる。乗り合わせた老婦人たちがわたしとパパのことをほほえましいという目で見ていてちょっと恥ずかしくなった。

パパの転移魔法で移動は一瞬なのだけど、パパが「普通の旅行気分も味わったほうが楽しいだろう」と口にしたため、レンドンの少し近くの場所まで転移で移動して、その後は馬車でレンドンの街まで向かうことになったのだ。

わたしが村を見てみたいというのを言ったのもあって、村も経由するルートである。

それにしてもこの乗り合い馬車に最初乗ったときは驚いたものだ。なぜかって、ベルラだった頃に乗った馬車とくらべものにならないほど揺れて、乗り心地が悪かったのだ。パパが魔法を使ってくれなかったら、今頃ぐったりしていたかもしれない。

「お嬢ちゃん、お父さんと一緒に旅行かい？」

「うん！」

おばあさんに問いかけられて、わたしがそう口にしたらおばあさんはにこにこと笑ってくれた。

「良かったねえ」

「うん！」

それから老夫婦たちと一緒にしばらく会話を交わした。わたしとパパのことを仲がいい親子だと、そう言って笑いかけてくれると嬉しかった。

――わたしとパパは、実際の親子ではない。

この身体はパパが造ったホムンクルスというもので、わたしの魂はパパの娘というわけではない。

それでもわたしたちは外から見たらちゃんと親子に見えるのだ。その事実が嬉しかった。

嬉しくなってにこにこ笑っているうちにまずは経由地の村に到着した。

村って小さい。

わたしって、ベルラとして過ごした頃の大きな街とパパと一緒に過ごしている屋敷、あとはパパと出かけた街ぐらいしか知らない。

だからこういった小さな村というのは初めてで、なんだか不思議な気持ちになった。

村は限られただけの建物しかない。あとは道だって整えられていなくて大体地面がむき出しみたい。

経由地の村で馬車は一旦休憩になるため、わたしもパパと一緒に馬車を降りて井戸水を飲んでのんびりとする。

それにしても凄くのどかな村だ。

なんだかちらちらわたしとパパに視線が向けられているのはどうしてだろうか。

「パパ、わたしたち、視線向けられているね」

「ベルレナが可愛いからだろ」

「ふふ、わたし、パパに似て可愛いもんね。でもパパも凄くかっこいいんだよ」

わたしとパパがそう言ってにこにこ笑いあう。

それにしても小さな村だと、こういう乗り合い馬車で経由地として訪れる人たちしか来なかったりするみたい。この村を目的地にしてくる人はあんまりいないんだって。

だから経由地として降りる旅人たち相手に商売をするみたい。

わたしたち相手にも村で作っているものを買わないかって結構話しかけられた。

このあたりは織物が盛んみたいで、可愛い服もあったからパパに「欲しい」って言って買ってもらったの。

こういう小さな村に来たことはなかったけれど、こういう村で作られたものが大きな街へと運ばれたりしているんだよね。そう考えると世界って繋がっているんだなって不思議な気持ちになる。

それにしてもこういう村は季節ごとにその村特有の祭りがあったりするらしい。そういう祭りに参加してみるのも楽しいのかもなぁ。

そんなことを考えているうちに、村の滞在時間が終わり、また馬車へと乗り込んだ。

そしてまた馬車に揺られて、レンドンの街へと到着した。

「わぁ……」

わたしはレンドンの街へたどり着いて、思わず感嘆の声をあげてしまった。

そのレンドンの街は、わたしが一度も見たことがない光景だった。今はまだ昼間だからランプの光は目立ってはいないけれど、それでも美しいなと思った。

「パパ、凄く綺麗だよ!!」

「そうだな」

「ね、パパ、パパはどこを見てみたい？」

「ベルレナ、見て回るよりも先に宿を取ろうか」

「あ、そっか!!」

今回は、なんとパパと一緒に数日もこの街に滞在することになっている。

パパと日帰りのお出かけだけでもワクワクするのに、何日もいつもと違う場所にパパと一緒にお出かけなんて絶対楽しいもん。

折角だからゆっくりパパと一緒に見て回るんだ。

なんだかパパと一緒に宿に向かうというだけでも楽しい気持ちになる。

レンドンの街は、人が溢れていて、パパに一生懸命ついていこうとしていたらはぐれそうになってしまった。そしたらパパがそんなわたしに気付いて、わたしの身体を抱えて抱っこしてくれた。

パパに抱っこされてから見る周りの景色は、いつも見ている低い位置からの景色とは違って楽しいなと思う。パパに抱っこされたまま、きょろきょろとわたしはあたりを見渡す。

わたしと同じように親に抱きかかえられている子供も見える。でもそれはわたしよりも小さな子供がおおくて、この歳で抱っこされているのは少しだけ恥ずかしいことなのかもしれないと思った。それでもわたしはパパに抱っこされるのが嬉しいし、パパもわたしを抱っこして嬉しそうにしているから抱っこされたままになった。

このレンドンの街には、幾つもの宿があるらしい。

その中でどの宿がいいだろうかとパパはわたしに相談する。わたしはどこでもパパと一緒ならいいと思っている。パパと一緒ならば、どこでだってわたしは嬉しいから。

「あそこの宿はどうだ？」

「見た目が凄い綺麗だね！」

「そうだな。でも宿は色々あるからな」

「わたしはパパと一緒ならどこでもいいよ？」

「でもベルレナはここに来たのは初めてだろう。折角なら良い宿がいい」

パパはそんなことを言いながらわたしよりも熱心に宿を探していた。パパは綺麗な人だから、パパを見てぽーっとしている女性が沢山いた。わたしがいるから声をかけてこなかったけれど、パパだけならきっとパパは沢山声をかけられるのだろうなと思った。

中にはパパがわたしを抱っこしていても話しかけてくる人も少しはいた。パパは相手にしていなかった。話しかけてきた人にパパが冷たい対応をしていて、少しびっくりした。

「……ベルレナ、この宿にするか」

「綺麗で大きな宿だね」

パパが最終的に選んだ宿は、大きな宿だった。従業員の人も丁寧で宿泊費用も結構する気がする。公爵令嬢だった頃のわたしは何もお金を使うことを躊躇っていなかった。でもパパと一緒に過ごしていて、金銭感覚も変わった自覚はある。ただパパは「お金は気にしなくていい」と言ってさっさと部屋を取っていた。

パパと私は同じ部屋である。

パパと一緒に宿の中へと入る。わたしは初めての宿に嬉しくて、にこにこしてしまった。ベッドの上に寝転がってはしゃぐ私を、パパは笑いながら見ていた。

なんだか恥ずかしい。けれど、パパの優しい表情を見てるとわたしは嬉しい。

「ねぇねぇ、パパ、これからどうするの？　わたしね、まだ全然元気だから街を見て回りたいんだ。パパは？　パパが疲れてるなら宿でのんびりするのもいいよ！」

「俺もそんなに疲れていない。見て回ろうか」

「うん!!」

わたしはパパの言葉に頷いて、パパと一緒に宿を出るのだった。

パパと一緒に見て回るの楽しみだなと、そんな気持ちになってわたしは嬉しくて仕方がなかった。

わたしはパパに手を引かれながら、レンドンの街を歩いている。

パパと一緒に歩いていると、なんだか楽しい。初めての街だからというのもあるけれど、何よりもパパが一緒だからこそ、わたしは楽しいと思った。

「パパ、どこ行く？」

「ベルレナが行きたい場所でいいぞ。どこに行きたい？」

「んー」

わたしはパパの言葉に、立ち止まってあたりをきょろきょろと見渡す。

道の中心で立ち止まると邪魔だから、パパに手を引かれて道の端っこに向かう。

こういう大きい街に来るのは久しぶりだ。前にパパと一緒にお出かけをしたときは、我儘を言ったらパパに嫌われるのではないかってそれを考えてしまっていた。

今は、パパがもっと我儘を言っていいと言ってくれたから。

きょろきょろと見渡すと、沢山のお店がある。いくつも並んだランプの前で、パパとのんびり過ごすのも楽しそうだし、パン屋さんのパンも美味しそうだし、お洋服を見るのも楽しそう。うーん、沢山のお店にわたしは目移りしてしまいそうだ。

どこにしよう。なんだか楽しそうなものが沢山あって悩んでしまう。

「パパ……」

「どうした、ベルレナ。なんだか困った顔してるぞ」

パパがわたしの目を真っ直ぐに見て、問いかける。

パパの目はやっぱり綺麗。お月様みたいな黄色の目がわたしは大好きだ。その目を見ているだけでなんだか幸せな気持ちになるぐらいに、綺麗だと思っている。

「あのね。行きたいところが沢山あるの。それでね、わたし、選べなくて……」

「ああ、それで困ってたのか？　全部行くでもいいが」

「んー、できたら色んなものは見たいけれど、全部見るのは難しいよ」

「それもそうか。でも本当に行きたいところを直感で選べばいい。行けなかったところは次に行けばいいだろう。俺はベルレナが来たいというなら幾らでもここに連れてくるぞ」

「わかった!!　えっと、じゃあね――」

パパは幾らでも連れてくると言ってくれた。どこに行こうか、どうしようか、折角パパと街に来たから――と考えていたけれど、そういう難しいことは考えずにわたしが行きたい場所でいいらしい。

私はパパの手を引いてまず、小さなランプが売られているお店に向かった。

このレンドンの街が色とりどりのランプが有名な街というのもあって、この街を訪れる人々に対して小さなランプをお土産として売っているらしい。

確かに大きなランプは持ち帰るのも不便かもしれないけれど、手のひらサイズならば持ち帰ることができるし、とても可愛い。

それに色んな形がある。そうやって色んな形があるのは面白いと思う。この小さなランプは、実際に同じ形の大きなものがレンドンの街に並んでいるらしい。

珍しいランプは、街中でも数が少ないらしくて、その珍しいランプを見つけるという催しもやっているらしい。そして全部見つけたら景品をもらえたりするらしい。素敵!! とても楽しそう。

「ね、パパ、その催しやってみていい？ 一緒にやりたい」

「いいぞ。もちろん」

「ありがとう、パパ。パパ、あとね、わたし、この形のランプ可愛いと思うの。パパにはこっちが似合うと思うんだ。お月様!! パパの瞳はお月様みたいで綺麗だもん！ だから、これ欲しいの!!」

「そうか。じゃあ、ベルレナにはこれだな。星のマークだ。ベルレナの瞳は俺と同じ色だけど、ベルレナはどちらかというと星みたいにキラキラしているイメージだから。あとはこっちか。赤いランプ。これもベルレナらしいと思う」

「本当!? じゃあ、わたし、この二つとも欲しい!!」

パパがわたしのことをそんな風に表してくれることが嬉しかった。パパがわたしのことを優しい瞳で見つめてくれることが嬉しかった。

そしてパパはわたしがパパみたいと表した小さな手のひらサイズのランプと、パパがわたしのようだと言ってくれたランプを二つ買ってくれた。なんだか宝物が増えたようで嬉しい。

この小さなランプをどこに飾ろうか？

それを考えるだけでわくわくしてしまう。

その小さなランプのお店を出た後は、お店で聞いた催しの詳細を聞くために街の役所に向かった。

その役所で催しに参加する手続きができるんだって。全部見つけたら役所に言えば景品をもらえるんだって。

役所に向かう最中にわたしははしゃいで、小走りでこけそうになってしまった。そしたらパパがまたわたしを抱っこしてくれた。

抱っこされたまま役所に到着する。

役所も壁に沢山ランプが飾られていて、とても可愛い見た目をしていたの。わたしは一目で気に入った。他の街から来たらしい同じ年ごろの子どもたちも、役所の周りで楽しそうに親に「この建物すごーい」と報告していた。

役所の中で催しに参加したい旨を伝えて、紙をもらう。この受け取った紙に書かれたランプを街中で見つけたら、そこにいる役所の職員さんがサインを入れてくれるんだって。

それが見つけた証だというの。とても楽しそうな催しで今からワクワクしていた。

「お嬢ちゃん、頑張って見つけるんだよ。見つけたら景品を渡すからね」

「うん!!　わたし、見つけて報告にきます！」

役所の職員の男性に話しかけられてそう答えたら、職員さんは笑顔になってくれた。

「パパ、どっちならあると思う？」

「こういう催しをするぐらいだから、見つけにくい場所にあるんじゃないか？」

「そうだね!!　一緒に探そう!!　絶対に見つけたいな!!」

そう言ってわたしが笑えば、パパは笑って頷いてくれた。

わたしはパパと一緒に手を繋いで歩いている。

パパと手を繋いでいると、色んなところから視線が飛んできていて、やっぱりパパは目立つなと思った。

珍しいランプ探しの催しに、わたしは胸を高鳴らせながら歩く。

星形のランプ、燃える炎のようなランプ、音符形のランプ――など、そういうランプを探す。あたりをきょろきょろしながら見渡すと、本当に色んな形のランプがあって楽しい。催しの対象ではないけれども、それでも可愛いランプもあって、そのランプを模したお土産が欲しくなった。

こうやって街中を一定の形のものではなく、色んな形にしているから街がとても華やかに見える。

「ねぇ、パパ。あのランプ可愛くない？　あのランプのお土産欲しいかも!!」

「この街の連中は商売上手だな」

「商売上手？」

「ああ。こうやって催しをさせて、もっと色々買わせようとしているんだろ。まぁ、ベルレナが欲しいなら買ってやるから幾らでも買え」

「パパはわたしを甘やかしすぎだよ!!」

「もっと甘えていいんだぞ？」

パパに優しく微笑まれて、頭を撫でられるとなんだかどうでもよくなってくる。パパに撫でられるの気持ちがいいなぁ。って、違う違う!!　わたしは今から、催しを頑張るのだ！　そんな気合を入れてパパを連れて街中を見て回った。

一つ目の星形のランプは案外、街の中心部にあった。ただ、色んなランプが周りに沢山あって、該当のランプを探すのはちょっと大変だったけど。そこで役所の職員さんがサインと印鑑を押してくれた。なんだか、こうして見つけたって証が埋まると嬉しかった。

「なぁ、ベルレナ、こっちのは――」

「パパ!!　見つけたとしてもちょっとしーってしてほしいの！　わたし、できれば自分で見つけてみたい」

パパは早速次のランプを見つけたのかもしれないけれど、わたしはまだ見つけられていないのだ。できれば自分の目で見つけたいなとそう思っているから、一旦、パパに口にしないでって言ったらパパは黙った。

わたしはきょろきょろと周りを見ながら探すけれど、パパが見つけたそのランプをわたしは見つけられない。

「むー」

わたしは目を細めてきょろきょろするけれど、見つからないのだ。

パパはどうやって見つけているのだろうか。パパに視線を向ける。

「どうした？」

「ね、パパ、わたし、全然見つけられないの。パパはどうやって見つけたの？」

「俺はたまたまだな。あとは、そうだな……。敢えて探そうとせず、景色を見る感じで見たらいいんじゃないか。そうしたら見えてくるものはあると思うが」

「敢えて探そうとせず……」

「そうだ。ベルレナが将来、どういう暮らしをするかはわからないし、俺も親としてベルレナを守るけれど……。何かあったときは視野を広げていたほうがいい。そういう視点を学んでおけば、絶対将来のためにはなるからな」

「うん、わかった!!」

わたしはそう言って頷いて、目的のランプを探そう探そうという気持ちじゃなくて――、ただ景色を見るように周りを見渡す。

そうすると、なんだか先ほどとは違った風景に見える。不思議な気持ちだ。

そうしてゆっくりとあたりを見渡していると、人が座っているベンチの向こうに、目的の小さな花の形のランプがあった。

「わっ、あったよ、パパ!! パパはやっぱり凄いね!! パパの言うことを聞いたら見つかったよ!!」

「いや、俺は凄くないだろ。でも見つかって良かったな」

「うん!!」

そんな風にパパと一緒に催しを達成するために街を見て回る。

「なんか、すっかり暗くなってきたね」

パパと見て回っていたらすっかりあたりが暗くなってきていた。

パパと暮らしている屋敷だと、山の中にぽつんとあるから周りは真っ暗だ。だけどここは街中だから、日が落ちていても周りはとっても明るい。

寧ろ暗くなれば暗くなるほどに、ランプがキラキラと煌めいていてとても美しかった。

「パパ、とっても綺麗!!」

「そうだな。綺麗だな」

「パパ、あっちに人が集まっているよ!!　もっと何か綺麗なものがあるのかな!!」

パパと手を繋いであちこち歩き回る。

あまりにもキラキラ光っているランプを見ていると、目的のランプを探すことを忘れてしまう。人が沢山集まっている方へと向かっていくと、その場所には沢山の人々が集まっていた。

視界に収まっているものだけでもかなりの数があって、そのキラキラしたランプを見るためにみんな集まっているんだなと思う。

夜だからこそ昼間よりもずっと光り輝いている。しかも動いているものまであるけれど、もしかして魔力を使っているのかな？

蝶の形に並んだランプが空を彩っていて、凄く綺麗だなって思った。

「わぁ。パパ、凄いよ!!」

「前に来たときより、ランプの種類が増えているな。こういう動くのは前はなかった。いい魔法使いでも輩出されたのか？」

「もう、パパ。そんなことより目の前のランプ凄いよ!!　綺麗だよ!!」

パパは綺麗さに感動するのではなく、魔法使いとしての視点から以前との違いについて口にしていた。

そんなパパにわたしがもっと見ようよ!!　と言えば、パパは笑った。

その日はすっかり夜のレンドンの街に夢中になってしまったので、催しに関しては明日続きでランプを探すことにした。

「んー……」

夢中になって色とりどりのランプを見ていたのだけど、流石に眠たくなってきてしまった。もっと起きていたい。もっとこの綺麗な街を見て回りたい。そう思うのに、わたしの瞼《まぶた》は下がっていく。

「ベルレナ、眠いなら宿に戻るぞ」

「んー、まだ見たい……」

「今すぐにでも寝そうだから帰るぞ。明日も見れるからな」

「……うん。わかった」

そうしてわたしはパパに手を引かれて宿へと向かう。眠たくてぼーっとしていたら人にぶつかってしまった。

「あ、ごめんなさい」

「私こそ、ぶつかってごめん!!」

ぶつかったのはわたしと同じ年ごろの女の子だった。

綺麗な桃色の髪と瞳の少女。なんて可愛い色だろうと、わたしは目を輝かせてしまう。

わたしは綺麗なものも可愛いものも大好き。なんだか見惚れてしまっていたら、その可愛い色の女の子は、両親に連れられてその場からいなくなっていた。

「あ、可愛い女の子だったのに……」

「ベルレナ。初対面の少女をなんで気にしているんだよ」

「だって可愛かった。パパも見た？　あの可愛らしい桃色!!　あまり見たことない綺麗な色だったわ!!　あ、もちろん、パパも負けないぐらい綺麗だから見ていて幸せだけど!!」

「なんだか一気に元気になったな」

「うん。眠かったの吹き飛んじゃった!!」

「そうか。でももう遅いから宿に向かうからな？」

「うん!!」

「……宿で眠れなさそうなら明日もあるから魔法で眠らせるからな？」

「わかった!!」

でも不思議、さっきまで眠たかったのにこんなに気持ちが高まるなんて。一瞬だけだったけれど、素敵な色だったなぁ。

それに催しも楽しいし、夜の街のランプは素敵だった。まだまだ見れていないものがあるから明日も楽しみ!!　と思うと、宿に着いてもわたしは眠れなくて、結局パパに魔法で眠らせてもらうのだった。

「全部見つけられた!!」

わたしは嬉しくなってにこにこと笑ってしまう。

なんでかって？　珍しいランプを探す催しで、全部探し終えたからなのだ。結構難しかったけれど、パパと一緒ならば楽しくて、夢中になってしまった。

途中でお腹がすいてご飯で休憩することはあったけれど、それ以外はずっと珍しいランプを探していた。

わたしは楽しかった。

珍しいランプを沢山見つけられて、美味しいご飯を食べれて――。こうして街を見て回る中で、行きたいお店や場所も沢山見つけることができて、まだまだこのレンドンの街の楽しみが増えた。

それにしても沢山レンドンの街を見て回ったけれど、見て回る度に見たい場所が沢山できるなんて凄いなと思う。

それにしても一つの街を見るだけでこんなに楽しいものが沢山あるなんて。

もっと大きな街に行ったらまた楽しいものが見つかるのかな？　わたしはわくわくしてしまう。

このままこの紙を持って役所に向かって、景品をもらわないと!!　そう考えてにこにこしているわたしは、次の瞬間はっとなった。

「わわ、パパ、ごめんね！」

「どうした、突然？」

パパはわたしが謝れば、不思議そうな顔をした。

「いや、だってわたし一人ではしゃいじゃった。パパだって見たい場所とか、食べたいものとかなかった？　わたし、はしゃいじゃって、パパが何をしたいのか聞かなかったの。はやく珍しいランプを探したいって思っちゃったから……」

パパは我儘でもいいって、我儘を幾らでも言えばいいって言ってくれるけど、レンドンの街にたどり着いてからひたすらわたしがパパを連れまわしてばかりだった。

ちゃんとパパが何をしたいかも考えなきゃいけなかったのに！　とわたしは反省していた。

「そういうの気にしなくていいって言っただろう。それに俺はベルレナが楽しそうにしていて楽しいよ」

「わたしが楽しそうにしていて楽しい？」

「そうだ。俺は前も言ったように長く生きてるからな。あまり周りに関心が持てなかったりする。逆にこんな街でこれだけはしゃいでいるベルレナを見ていて楽しいから」

「んー、パパはもっと周りに関心を持ったほうがいいと思うの!!　この前も綺麗なランプを見てもランプのことを気にしてなかったし、きっと興味を持って歩いてみたら気になるものがあるかもしれないよ！　それにわたし、もっとパパが色んなものに興味を持って、色んな顔をするの見たいもん！」

最後には自分の願望が漏れ出てしまった。だってパパがさ、もっと色んなものに興味を持って、色んな顔をしたらきっと素敵だもん。パパはとっても綺麗な顔をしていて、その綺麗な顔が沢山の表情をしたら素敵だもの。

ああ、でも色んなものにパパが興味を持って、わたしに対する関心をなくしちゃったら寂しいかもしれない。

なんて考えていたら、パパが凄く楽しそうに笑っていた。

「ははは。ベルレナは本当に面白い。さっきまで落ち込んでたのにさ」

パパはそう言いながらわたしの頭を撫でる。

「そうだな。俺もベルレナっていう娘ができたから、今までのように一人屋敷にいて、なんにも関心を持たずにいるっていうのはできねーよ。多分これから……俺は昔の知り合いが信じられないぐらいに、周りに関心を持ったりしながら生きていくんだと思う。それは他でもないベルレナのおかげだからな」

「わたしのおかげ？」

「そうだ。俺がたまたま拾った魂が、ベルレナがベルレナだから、俺はわざわざこうして街にまで来てる。ベルレナじゃなきゃ、こんなことはなかったからな」

「えへへー。わたしのおかげ!! 嬉しい!! わたしも拾ってくれたのがパパじゃなきゃ、こんなに楽しくなかった!! パパ、大好き」

「はいはい」

パパはわたしの言葉にわたしの頭をまた撫でてくれた。

それからパパと手を繋ぎながら、役所に向かった。役所で珍しいランプを見つけた証をさしだすと、職員さんはにこにこと笑って、わたしに景品をくれた。もらった景品は、ランプのイラストのかかれたノートだった。

わぁ、可愛い。

なんだろう、自分が頑張って手に入れたものだと思うと、なんだか特別感がある。

「ベルレナ、嬉しいか？」

「うん。嬉しい!! なんだか、自分で手に入れたものって嬉しいね」

ベルラだったときは、思えば与えられてばかりだった。わたしが公爵家の娘だったから。わたしが欲しいと言えば、わたしはなんの苦労もせずに、自分で何かをせずに、それらを手に入れることができた。

ベルラだった頃は、こんな風に自分で頑張って手に入れる喜びなんて考えたことがなかった。

やっぱりなんだか嬉しいなぁとそのノートを抱きしめてしまう。

それからは、珍しいランプを探す中で見かけた気になるお店や場所をパパと一緒に何日も見て回った。見て回りたいものが沢山あって、思ったよりも長い間、レンドンの街で過ごした。

「パパ、わたし満足した!!」

「そうか、じゃあ、帰るか」

「うん。また来たいな。それに他の街にも行きたい!!」

「そうだな」

「あ、でも初日に会ったあの可愛い桃色の女の子に会えるかなーって期待したけど会えなかったのは残念」

「まぁ、ふと忘れた頃に会えるかもしれないだろう。とりあえず、帰るぞ」

「うん!!」

あの桃色の髪のかわいらしい女の子に会えたらなーって思ってたけど会えはしなかった。

でも、そうだね。どこかでまた会えるかもしれないことを期待して、屋敷に戻ろう。わたしの家である、パパとわたしの屋敷に。

幕間　魔導師のパパ　②

「ふんふふ〜ん」

ベルレナは、楽しそうに鼻歌を歌いながら料理をしている。

ベルレナの背丈では届かないので、台の上に乗って一生懸命動いている様子を見ると頬が緩んだ。

本当にただ気まぐれで拾った魂のことを、こんなにも自分が可愛がることになるなんて思ってもいなかった。

ニコラドにも「すっかり父親だな」と散々揶揄《からか》われてしまった。一番自分でも驚いたのは、そんな風に言われても嫌ではなかったことだろうか。

ベルレナが俺の娘であることを俺は誇らしく思っている。

ただのホムンクルスに入れる魂で、その経過を観察したいと思っていただけだったはず……なのだが、すっかり俺はベルレナを娘だと思っている。

ベルレナは真っ直ぐに、俺のことを父親として慕っている。

その瞳が、その態度が心地好いと思っている時点で俺とベルレナはもう既に親子なのだろうと思う。

ベルレナはすっかりニコラドとも親しくなっていた。

ニコラドは軽薄に見えるけれども、ただそれだけの軽い男ではない。見た目が子供だからといっても、もしベルレナが警戒する対象だったらあんな風に笑いかけはしないだろう。

まぁ、俺はニコラドがベルレナを警戒したとしてもベルレナのことを可愛がっただろうが。

「パパ、できたよ」

ベルレナがそう言いながら、嬉しそうに机に料理を並べる。

最初にこの屋敷にやってきた頃のベルレナは、元々料理などしてこなかったのか作れる料理の種類も少なかった。俺は食べることに対してそこまでの関心はない。食べることができればそれでいいだろうと思っている。

だから正直料理の種類が少なかろうがどうでもよかったのだが、ベルレナは「パパにもっと色んな料理を食べてもらう」と言いだして、色んな料理に挑戦している。

屋敷にある食料庫の中には俺が以前に集めて、ただ保管されていた食料が沢山ある。空間魔法が使えるからというのもあるが、俺は気になったものは集めたりするほうだ。食料庫の中に入っているものは食料庫を作った際に折角だからと集めたものばかりである。

今まで無駄に食料庫の中に保管されていただけだった食材だが、ベルレナのためになるなら集めていて良かったと思う。

ベルレナは魔法の才能も凄い。

俺が作ったホムンクルスの身体と、そして元々火の魔法適性のあったベルレナの魂が交わってベルレナは同年代の中ではトップクラスの魔法の才能を持っていると言えるだろう。

魔法を使えるようになれることが嬉しいとベルレナは魔法の練習を熱心にしていて、徐々に魔法の腕をあげているベルレナを見ると俺も楽しい。

俺は誰かに魔法を教えるという行為を全くしてこなかった。自分一人で魔法の研究をするのに忙しかったから。わざわざ魔法を他の人に教える意味もわからなかった。

でも今は、こうやって娘に魔法を教えることが楽しいと思っている。教える相手がベルレナだからというのも大きいだろう。

ベルレナを街に連れていくのも好きだ。

ベルレナは街に連れていくとそれはもう嬉しそうに笑う。それにホムンクルスのベルレナの身体は俺にそっくりで、周りから親子だと認識されるのも悪くない。

「ねぇねぇ、パパ、美味しい?」

「ああ」

「良かった。今回はね、食料庫の中に入ってたスパイスを使ってみたの！　本でね、読んだのだけどスパイスって色んな使い方があって――」

ベルレナは楽しそうに、書庫で見つけたというスパイスの本の知識を口にする。

書庫の本は、俺が興味本位で色々集めたものである。前に気まぐれに購入し、書庫に埋まっていたその本をベルレナは活用しているようだ。

ベルレナを、娘であると認識すればするほど俺は一つのことを考える。

元々ベルレナは、神の悪戯によって身体から追い出された魂だった。

身体は俺の造ったホムンクルスでも、中にいるベルレナの魂は別の少女として生きていたものだ。

――俺はベルレナを娘だと思っているけれども。

だけれども、ベルレナには元々の家族がいる。

ベルレナから昔の話は聞いていない。ベルレナ自身も、ベルレナになる前の自分についてあまり語らない。

……でも、本当はベルレナだって俺の娘になる前の自分に帰りたいって思っていたりするのだろうか。

ベルレナを拾った頃の俺はそんなことは考えていなかった。

何故なら俺にとってベルレナは研究対象でしかなく、ベルレナの過去も未来も……ベルレナ自身に関わることはどうでもよかったから。

だけど俺は魔導師だ。

やろうと思えば、ベルレナを元の場所に帰してやることだってできるのだ。

ベルレナが望むのなら……俺はベルレナの父親としてそれをすべきではないのか。

俺は最近ずっとそんなことばかり考えているのだ。

第五章　わたしの居場所の話

わたしとパパがレンドンの街を訪れてから早数か月が経過している。

その間にわたしは、パパと色んな場所に出かけた。それはレンドンの街のように特徴的な街だったり、祭りを行っている村だったり、巨大生物が目撃されている湖だったり――。

それは全て、わたしがベルラだった頃には見ることが叶わなかった場所。

訪れることさえも考えなかった――そんな場所にわたしはパパと一緒だからこそ訪れることができた。あとニコラドさんも屋敷に時々やってくる。

「ほら、ベルレナにこれ似合うと思ったんだ」

そう言いながらニコラドさんは沢山のプレゼントをわたしにくれる。

ニコラドさんのくれたプレゼントに喜んでいると、パパが対抗してわたしにプレゼントをくれたりもした。

ニコラドさんはそんなパパの様子を見て、楽しそうな表情を浮かべていた。

そうしてわたしは楽しく過ごしていた。

ほとんど屋敷の中で、パパと二人きり。その二人きりの生活がわたしにとってどうしようもなく楽しい暮らしだったのだ。

そうやって楽しい時間を過ごしていれば、時間が経つのなんてあっと言う間だった。

――そして、冬がやってきた。

「わぁ!! パパ、パパ、見て!! 凄い雪!!」

わたしとパパが暮らしている屋敷は山の上にあるのもあって、起きてから窓の外を見ると一面を白色が埋め尽くしていた。それは降り積もった雪である。

　山の上だと雪が沢山積もって寒いのだと、ベルラだった頃も聞いたことがあった。でもこんなに沢山の雪が降るなんてびっくりだった。

思わずわたしはパパの部屋を開けて、眠っているパパを起こして、一緒に窓の外を見た。

屋敷で長く暮らしているパパにとっては、外が一面の雪で埋まる光景も見慣れたものだったのだろう。

それでもパパはわたしと一緒に雪を覗《のぞ》いてくれた。

「雪か」

「うん!! ねぇ、パパ、雪遊びしてきていい? というか、パパも一緒にやろう?」

「まぁ、いいぞ。ただ、ちゃんと朝食を摂って、防寒してからな」

「うん!!」

わたしはパパの言葉に頷く。

パパが一緒に雪遊びをしてくれる! と思うと、わたしは嬉しかった。

ベルラだった頃は、はしたないと言われて、そういう遊びをやらせてもらえなかったんだよね。平民の子供たちがそういう遊びをしているのを知っていて、うらやましいなぁって思って、だから雪遊びしたいってお母様とお父様に我儘を言ってた記憶がある。結局代わりにドレスを買ってもらって、雪遊びしたことはない。

パパは雪遊びしたことあるのかな？

「ねー、パパは雪遊びしたことある？」

「俺か？　いや、ないな。そんなに雪に関心がなかった。元々俺が住んでいた場所は雪が降る場所だったし、どちらかというと雪かきが大変だった記憶しかない」

「そうなんだ。あれ、ここは雪かきしなくていいの？　雪、結構降っているよね？」

「俺が魔法で雪が積もらないようにしているから問題はない」

「そうなんだ。パパ凄い!!」

雪が沢山降ると雪かきというのをやらないと生活が大変なんだって。雪が沢山降って、屋根に積もると建物が潰れたりという恐ろしいこともあるらしい。世の中にはもっともっと雪が降る場所もあるらしいから、そういうところで暮らしている人は結構大変だと思う。

でもこの屋敷ではパパが魔法で雪かきしないでいいようにしているらしい。魔法って便利だな。わたしもどこで過ごすにしても、過ごしやすいように魔法を使っていけたらいいな。

それにしてもパパは雪が降る地域の出身なんだ。なんだか似合う。パパの髪は真っ白で、それは雪景色に馴染む気がする。わたしもいつかパパが生まれた場所に連れて行ってもらえたりするのかな？

パパと一緒に朝食を摂る。

今日は寒いから、温かいスープを用意している。とはいえ、室内もパパの魔法の効果か、思ったよりも寒くないけどね。あと冬用の魔法具も沢山置いてあるからなんだって。

でもそうだよね。こういう山奥で暮らしていくのならば、なんでも自分でできなければいけないんだと思う。わたしもパパがいなければここで過ごしていくことはできない。少しずつこの屋敷で過ごしていけるようになってきていると思うけど、もっと色んなことができるようにわたしはなっていきたいなと思った。

「パパ、行こう!!」

「待て、ベルレナ。もっと上着を着ろ。外は寒い」

朝食を終えた後、飛び出そうとしたらパパに止められた。わたしは十分かと思っていたけど、もっと厚着をしたほうがいいみたい。

わたしはパパの助言に従って、上着を着る。身に纏ったのはピンク色のもこもこしたフードのついた上着。

この上着も出かけたときにパパが買ってくれたものだ。パパが買ってくれたおかげでわたしは結構服を持っている。お気に入りのパパが買ってくれた服が沢山あると思うと、なんだか嬉しくて仕方がなかった。

こうしてお気に入りのものが沢山増えていくと、本当にわたしがベルレナという存在になったのだと実感ができた。

上着を着て、パパと一緒に屋敷の外に出る。雪を踏む感覚がなんだか不思議な気持ち。かがみこんで雪をぺたぺたと触る。冷たい。手の中ですぐに溶けていく。

舐めたら美味しいんだろうかと手に取って口に運ぼうとすれば、パパに止められる。

「ベルレナ、なめるな。雪で遊ぶなら別のことをしろ」

「わかった！」

ちょっと雪を舐めてみたかったけど、パパがそう言うのでわたしは素直に頷いた。

さて、何をしてみようか？　そう思いながら手に取ってみる。でもわたし、雪遊びってどういうものがあるかいまいちわかっていない。

「ベルレナ、どうした。遊ばないのか」

「遊ぶけど、どういう遊びがいいかなって。わたし、今まで、雪遊びしたことなかったから……」

わたしがそう言えばパパが口を開く
「なら、ゆきだるまでも作るか？」

「ゆきだるま？」

「ああ」

パパが言うので、わたしはゆきだるまというものを作ってみることにした。聞いてみたら胴体と頭を雪で作るというものみたい。

「パパ、このくらいでいい？」

パパと一緒にゆきだるま作りに挑戦をしている。ゆきだるまの頭の部分――小さな雪玉の部分をわたしが作って、大きな体の部分はパパが作ってくれる。

なんだか、魔法でなんでもできるパパがわたしに付き合って、自分の手で雪玉を作ってくれていることがわたしは嬉しいなぁと思う。

「もう少し大きいほうがいいんじゃないか？」

「んー、じゃあ、もう少し転がしてみる」

パパの助言を得て、わたしはもう少し雪玉を転がしてみた。パパがその様子を優しい目で見つめていてわたしは嬉しくなった。

「パパ、できた!!」

「おう。じゃあ、のせるか」

二人でわたしが転がして作った雪玉を、パパが転がした雪玉の上にのせる。それにその辺から持ってきた木の枝で、手を作り、顔も作る。

「できたね!!」

「ああ」

「初めてゆきだるま作ったけれど楽しいね。冷たいけれど、こんなに楽しかったんだってびっくりした！」

雪遊びなんてベルラだった頃にはしたこともなかったけれど、こんなに楽しくて仕方がないのだと知ったら今まで雪遊びをしたことがなかったことがもったいなく感じてしまった。

「ねー。パパ、雪遊びって他に何があるの？　パパは何か知ってる？」

「そうだな。かまくらを作ったり、雪合戦をしたりかな」

「雪合戦ってどんなの？　戦うの？　怖い？」

「雪玉を投げ合う遊びだな。ただ俺とベルレナだけでするには人が少なすぎる」

「そっかぁ。大人数でやるものなんだね！　それで、かまくらっていうのは？」

「かまくらは――」

パパは長生きしているからなのか、やっぱりとても物知りだ。かまくらは人が入れるぐらいの家のようなものを雪で作るんだって。その中で何か食べたりするんだって!!　楽しそうなんて思っていたらずっと外にいたからか、くちゅんとくしゃみをしてしまった。

「ベルレナ、風邪をひいたら困るから中に入るぞ」

「えー！　もっと遊びたい!!　ね、パパ、だめ？」

「……だめだ。それに雪はしばらくの間、降り続ける。雪は逃げないから、ちゃんと中へ入れ」

「はーい」

くしゃみをしても風邪なんかひかないし、大丈夫。もっと遊びたいという思いが沢山溢れて、パパにおねだりしたけれど、だめと言われた。これ以上、パパを困らせたいわけではないので素直にわたしは頷いた。

なんだかこうしてちゃんと止めてもらえると、パパに我儘を言ってもいいんだってそう思えてくる。パパはわたしが我儘を言いすぎたらこんな風に止めてくれるんだっていうそれがわたしにとっては嬉しい。

「ね、パパ、温まったらまた雪遊びしていい？」

「ああ。温まってからな」

「うん。一緒にまた遊んでね‼」

「ああ。もちろんだ」

パパがわざわざわたしの雪遊びにまたつきあって遊んでくれるというのがわたしは嬉しい。やっぱりパパは優しいなぁ、大好きだなという思いでいっぱいになった。

それからしばらくしてまた雪遊びにわたしは精を出すのだった。

わたしが遊んでいるばかりに見えるかもしれないけれど、雪遊びが楽しいからといって、魔法の勉強や料理をサボったりはしていないよ！

パパに教えてもらいながら、魔法もわたしは少しずつ上手になってきていた。もちろん、まだまだわたしは未熟だけど、パパが褒めてくれるぐらいには上達しているのだ。

ただ一つ残念なのは、わたしが得意な火の魔法を使うと、雪が溶けてしまうことだ。わたしの火の魔法の適性が高いのもあって、制御が甘いとすぐに周りの雪が溶けていったり、木が燃えそうになるのだ。パパがすぐ消してくれるけれど、もっと周りに影響がないように魔法を使えるようにならなければならないなぁと思っているのだ。

その点、パパは周りに一切被害が出ないように美しい魔法を使う。パパがお手本に使ってくれた魔法を見るといつもほれぼれしてしまうのだ。

「ねぇ、パパ、スープ美味しい？」

寒くなってから、わたしは温かいスープや鍋系の料理をよく作るようにしていた。書庫には沢山の料理の本があって、寒い地域で食べる料理というのを冬は作るようにしていた。

それにしても食料庫には寒い地域で手に入る食材も沢山入っていて、色んなものが作れて楽しかった。

「ああ。美味しい」

「良かったー!! パパが美味しいって言ってくれると、わたし、嬉しい!!」

パパは食事にあまり関心がなくて、食べられればそれでいいと思っていたみたいだけど、わたしが色々作ることでお気に入りの料理もできたみたい。わたしの料理の中でパパが気に入ってくれた料理があるというのが、わたしは嬉しかった。

「ベルレナは料理が好きだよな」

「うん。作るの大好き！ それに作って喜んでもらえるのが嬉しいもん!!」

わたしはこうしてベルレナになって初めて料理というものをしたわけだけど、案外わたしは料理を作るのが大好きになっていた。何より、一緒に食べてくれる人がいて、その人が大好きなパパで、喜んでもらえるのが好きだなぁと思っている。

「そうか。ベルレナは良いおよめ……いや、これはなしだ」

「ん？ 何を言いかけたの？ パパ？」

「ベルレナにはまだ関係ないことだから気にしなくていい」

パパは何かを言いかけて止めた。

何を言いたいのかわたしにはさっぱりわからなかった。でもパパが言いたくないことならそれ以上聞かなくていいかと思った。

冬は生き物たちの冬眠の季節だ。もちろん、冬に活動的な魔物もこの山の上には存在しているらしいけれど。

今日はパパと一緒に山を散歩している。

自分の足で歩いてみたい！　とわたしが言ったからパパは一緒に歩いてくれている。疲れたら魔法でわたしのことを家に連れて帰ってくれると言っていた。

パパと一緒に手を繋いで雪山を歩くのも楽しい。生物の姿はあまり見えない。だけど時々活動的な魔物を見かけた。そういう魔物はわたしに気付くと、わたしを食べようとしているのか、わたしに襲い掛かってきた。

だけれどパパが一瞬で倒していた。流石だなぁとわくわくした。いつかわたしもパパと同じぐらいに魔法を使えるようになるだろうか。そうなれたらいいなと思った。

歩きながら、色んなものを見かける。

わたしはクマの魔物を見つけたので、パパにどんな魔物なのか問いかける。

「ねえ、パパ。あの魔物は？」

「あれは寒い地域に生きるクマだな。あんな見た目だけど凶暴さはそこまでない。あんな見た目で木の実が大好物だしな。あとは蜂蜜か。この冬だと蜂蜜はないから、備蓄していた木の実などを食べるんだろう。他のクマ系の魔物だと冬眠しているものが多いんだが、あいつは冬でも活動的だ。あとは雪を食べたりも結構しているっぽいな。でもベルレナは食べるなよ。腹を壊すからな。こういう雪は案外汚い。ああいう魔物はゴミでも食べられる器官がちゃんとあるからな」

「そうなんだ……。じゃあ、もしこうやって山とか行くことがあって、パパとはぐれたりしても――」

「……俺が一緒ならベルレナのことは絶対にはぐれさせない」

「もうパパ、もしもの話だよ。それで、魔物が食べているからって食べたら大変なことになるかもしれないってことだよね」

もしもの話なのに、はっきりと言ったパパに思わずわたしは笑ってしまった。

なんだかこういうやり取りをしていると、パパと仲良くなれたんだなぁと思ってわたしはなんだか嬉しい気持ちになった。

もしもの話で、もしわたしが一人で森に行くなんてことになったときに、魔物と人では体の器官も違うから、魔物が食べられるからといって食べることはしないほうがいいということだろう。

まぁ、一概にそうは言えないかもしれないけれど、それでもそういうことは考えておかないと長生きができないのかもしれない。

わたしは一度自分の身体から追い出されて、誰とも言葉を交わさず、生きているとは言い難い状況だった。だからこそだろうか、ずっと長生きできるようにしていきたいなぁと思う。

それにパパはわたしがご飯を作らないとご飯を適当に食べたりするから、パパが心配だしね。

「そうだな。そういうときはあまりないだろうが……、ちゃんとした知識を覚えておくことはいいことだろう」

「わたし、沢山、覚えたいな。パパの自慢の娘だって言ってもらえるように！」

「今でも十分、自慢の娘だ」

「ふふ、ありがとう、パパ！　でもわたしもっと、パパに誇れる娘でありたいから、もっと頑張るの!!」

パパが褒めてくれると嬉しくて仕方ない。でもパパにもっと褒められるためにももっともっと、パパのために頑張りたい。パパの自慢の娘だともっと言ってもらえるように。

そんなことを考えながらもパパに色んなことを聞きながら雪山をわたしは歩く。わたしとパパ以外この山には誰も住んでいないはずなのに、雪山の中でかまくらのようなものを見つけて、わたしはパパに問いかけた。

「ねーねー、パパ、あのかまくらみたいなのって何かな？」

「魔物が作っている家だな」

「え？　魔物が作るの？　なんか小さな穴があるけど、あれが入り口？」

「そうだな。あそこから出入りしている魔物だな。寒さに強い魔物ならああいう住処は住みやすいんだよ。ただあくまで魔物の住処だから、下手に人が入り込むと痛い目を見るぞ。驚くような場所にでも魔物は住んでいるからな」

「そうなんだ。それにしてもパパは本当に色んな知識を持っているよね。わたし、昔家庭教師から色々習っていたけど、なんだかパパのほうが凄い物知りに見える」

ベルラだった頃のわたしは家庭教師が嫌で追い返したり、あまり話を聞かなかったりしていた。今思うとそれはもったいなかったなぁと思う。

でもこうしてベルレナになったからこそわたしは様々なことをちゃんと学ぼうと思っているのだ。

パパが教えてくれるから、なんでもちゃんと覚えておこうと思うのだ。

「パパはそういう失敗したことある？」

「あるぞ。寧ろ洞窟だと思って入ったら魔物の身体の一部だったとかな……。中から魔法を使ってなんとか出たけれど、あのままだったら消化されていただろうな」

「うわ、なにそれ。怖い!!　パパ、生きていて良かったぁ!!」

想像して怖くなって思わずパパに抱き着いてしまう。パパは苦笑しながらわたしを抱きしめてくれた。それにしても洞窟だと思ったら魔物だったって怖いと思う。そういうときにわたしになんの力もなかったらわたしは食べられてしまうだろう。

「そういう魔物は珍しいから遭遇することは少ないだろうな」

「少ないの？　ならちょっと安心かも。でも今度、パパが食べられそうにならないように覚えたいな」

「じゃあ、家に帰ったら教える」

「ありがとう、パパ！」

そうやって会話を交わしながら、わたしとパパは冬の山を散歩した。

最終的にわたしが疲れて眠くなったからパパが魔法でわたしたちを帰還させるのだった。

＊＊＊

目を覚ます。

ベッドの上にわたしは座り込む。

外からは鳥の鳴き声が聞こえてくる。日も登っている。今日はいい天気だ。

冬はすっかり過ぎていった。

――パパと過ごす初めての冬は、新しい経験を沢山できて、本当に楽しかった。わたし一人だったら、こんなに楽しいと思えなかったかもしれない。他でもないパパと一緒に過ごせたからこんなに楽しく冬が過ぎたのだと思う。

季節は春。

冬には姿が見られなかった生き物たちが、山の中でわたしと同じように目を覚ましていることだろう。そして冬には見られなかった植物たちが、この暖かい季節には顔を出す。

またパパと一緒に散歩をしたいな。パパに言ったら一緒に散歩に連れて行ってくれるだろうなとそんなことを考えただけでわたしは嬉しかった。

ベッドから降りて、窓を開ける。

気持ちの良い風を感じて、わたしはなんだかわくわくした気持ちになる。

それから自分の部屋を見渡した。与えられた頃は、殺風景だった場所がすっかりわたし好みのもので溢れている。

パパと一緒に出掛けたときに、パパが沢山買ってくれたのだ。

わたしが好きなもので溢れた部屋。大好きなパパが買ってくれたもので溢れた部屋。——なんだか、この自分の部屋って空間がわたしは好きだ。大好きなもので溢れていて、パパのことを感じられて、とても安心する。

どこかに出かけると、いつもパパはすぐにわたしに色んなものを買おうとする。それに自然の中にあるものだって、わたしが「綺麗」と口にしただけで持ち帰ろうとするのだ。

そんな様子を思い起こしただけでくすりと笑ってしまった。

この部屋の中はパパとの思い出に溢れていて、わたしにとってはその一つ一つが宝物だ。

もちろん、この〝ベルレナ〟の身体も。今のこの身体こそ、パパから与えられた一番はじめのものだしね。

パパから与えられた、パパとそっくりな姿。鏡の前でくるりっと回る。

うん、わたし、可愛い。

なんて自惚《うぬぼ》れたことを考えてしまった。パパが造ったこのホムンクルスの身体は、とても綺麗なパパほどではないけれど、綺麗な身体をしているのだ。

この身体に入ったばかりの頃は、まだまだ自分の身体だという認識が少なかったけれど、今ではすっかりこの身体はわたしの身体っていう認識になっている。

パパを起こしに行かないと！　そう思って扉を開けて部屋を出て、鼻に入ってきた匂いに驚く。

食べ物の匂いがする。

何かを焼いたような、美味しそうな匂い。

わたしはそれに不思議な気持ちになった。

パパが料理をしているのだろうか？　パパはいつもわたしが起こしに行かないと起きなかったのに。

なんて思いながら台所へと向かえば、パパが料理をしていた。

珍しい。

わたしが動けるようになってから、パパは自分で料理なんて全然しなくて、わたしが作っていたのに。どうしてだろう。まさか、わたしの料理が嫌だったとか？　なんて考えて少し悲しくなった。

でもすぐに首を振る。

いつもパパは美味しいと言って食べてくれていた。パパはわたしに嘘をつかない。なら、きっとそういう後ろ向きな理由ではなくて、何か理由があってパパが料理を作っているのだろう。

なんだか身体を奪われ、誰にも気付かれないままになってからわたしは少し思考が後ろ向きになってしまっている気がする。最近はパパと過ごしていて楽しくて、楽しい！　って気持ちでいっぱいだけれど。

「パパ、おはよう」

「おはよう。ベルレナ」

匂いのする方へと向かって声をかけたら、パパがこちらを振り向く。なんか料理をしているパパも素敵だなぁって朝から嬉しくなった。

見ればテーブルの上にはケーキが置かれている。ケーキってお祝い事のときに食べるものだよね？

パパはそこまで甘い物は好きじゃないから、そういうお菓子系はあまり家には置いていないのだけど。たまに出かけたときにわたしが食べている間もパパはそういうの全然食べなかったし。結構な大きさのケーキが置かれているけれど、どうしたんだろう？　パパがわざわざ買ってきたのかな？

なんて思いながらじっと、ケーキを見る。

「ねぇ、パパ、このケーキ、どうしたの？」

わたしがそう問いかければ、パパは一瞬驚いた顔をして、わたしの頭に手を置いて、わたしの頭を撫でまわす。

そして、パパは言う。

「――今日は、ベルレナがベルレナになってから一年だろう」

「あ」

わたしはパパの言葉で初めてその事実に気付いて、思わず驚きの声を発した。

そうか、わたしがベルレナになって……、パパの娘になってもう一年にもなるのか。その事実が不思議だった。パパとの暮らしがあまりにも充実していて、楽しくて、もう一年も経過していたことにわたしは全く気付いてなかった。

今日も何気ない一日が始まると思い込んでいた。だけど今日は、〝ベルレナ〟としてのわたしの誕生日といえる日なのだ。

「誕生日おめでとう。ベルレナ」

パパはそう言って、わたしの頭をまだ撫でている。

そしてパパが続ける。

「今日の主役はベルレナだから俺が家事をやる。ケーキは街で買ってきた」

「ありがとう、パパ!!」

パパの言葉にわたしは嬉しくなって、パパにお礼を言うのだった。

今日はわたしの、ベルレナとしての誕生日。パパがわたしを見つけてくれた日。

わたしにとっての人生の転換期は、二度あった。

一度目は、わたしが身体を追い出された日。あの日、わたしという存在は、ベルラではなくなった。

周りにとってのベルラはあの子になった。

そして二度目は、パパがわたしを見つけてくれた日。わたしはパパに見つけてもらえなかったら、誰にも知られることなく、誰も気付くことなく――そのまま消えていただろう。

わたしが、〝ベルレナ〟になって、こうして幸せに過ごせているのは全てパパのおかげだ。

「えへへ、パパ、ありがとう!!」

「何回お礼言うんだ？　俺がしたいからやっているだけだから、そんなに礼はいらない」

「ううん、幾らでもお礼を言うよ。だってわたし、パパに出会わなかったらこんなに幸せになれなかったから。パパがわたしを見つけてくれたからだなって思ったの。だからね、パパ、わたしを見つけてくれてありがとう!!」

パパの買ってきてくれたケーキを食べながら、わたしはパパに向かってそう口にする。

パパへのありがとうっていう感謝の気持ちで一杯だ。だからわたしは沢山パパにありがとうと告げるのだ。

「俺のほうこそ、ありがとうな。ベルレナ。お前が来てくれたから、いや、来たのが他でもないベルレナだったからこそ、今の俺がいるんだから」

「なにそれ？？」

「俺は正直自分勝手でどうしようもない人間だったからな。俺が見つけたのがベルレナじゃなければ散々利用して終わったかもしれない。気に食わなかったらさっさとホムンクルスから追い出して消滅させたかもしれない。俺は本来、そういう人間だからな」

パパはそんなことを言う。

確かにパパはわたしと出会ったときに、わたしを利用すると言った。だけれど今のパパはわたしのことを可愛がって、甘やかしてくれている。パパが言っているようなことをパパがするとは思えなくて、首をかしげてしまう。

不思議そうな顔をしていれば、パパが静かに微笑みながらわたしを見る。

「意味はわからなくてもいい。ただベルレナが俺の娘になったからこそ、救われた者もいるってことだ」

よくわからないけれど、パパが笑っているからわたしは頷いておいた。

それにしてもパパが用意してくれたケーキや食事を食べながらお祝いをしてもらえるって嬉しい。

その後もパパに、今日はわたしの誕生日だから何も家事はしなくていいって言われた。けれどわたしはパパと一緒に居たかったからパパと一緒に行動していた。

「パパと一緒に何かするのが一番楽しいもん！」

そう口にしたらパパに思いっきり頭を撫でられた。

パパはわたしの頭を撫でるのが好きだ。わたしもパパに頭を撫でられるのが好き。

ニコラドさんもお祝いに来てくれた。ニコラドさんは時々やってきて、いつもわたしにプレゼントをくれるのだが、今日は誕生日だからかいつもよりも量が多かった。

それにしても、ニコラドさんはわたしの好みをちゃんと把握してくれているみたいで、いつもわたしが喜ぶものばかりくれる。

「ニコラドさん、ありがとう!!」

笑顔でお礼を言ったら、ニコラドさんがわたしの頭を撫でようとして……、パパに遮られていた。

「ディオノレ、いい加減にベルレナの頭を撫でさせろ」

「駄目だ」

そしてニコラドさんとパパとの口喧嘩が始まる。本気の喧嘩ではない。仲良しだなぁと毎回わたしはパパとニコラドさんを見てしまう。

その後、パパが「帰れ」と言ってすぐにニコラドさんを追い返したので、またパパと二人きりである。

パパと一緒にのんびり過ごすのが何よりも幸せだと感じる。

ちなみにパパからはペンダントをもらった。大きな宝石のついたもので、こんな高価そうなものをもらっていいのかと思ってしまった。

「これは守護石だ。ベルレナに何かあったら守れるように魔法を込めてある」

「わぁ……凄い。こんなものいいの？　見た目も素敵!!」

「ああ。俺があげたくてあげているからな。ベルレナ、街にでも行くか？　他にも欲しいものがあったら幾らでも買うぞ」

パパがくれたそれは、わたしを守ってくれるものらしい。パパの魔法が込められているものなら、きっと見た目よりもずっと価値が高いだろう。でもパパがわざわざわたしのために用意してくれたものだと思うと嬉しくて受け取った。

ペンダントは早速身に着けた。

街に行くのも楽しそうだ。パパと一緒に買い物もいいなぁと思うけれど、今日は……。

「ううん、出かけない。わたし、パパと一緒に家でのんびりしたい。パパと過ごせるの幸せだから。パパの時間をわたしがもらえたらなって」

わたしはそう口にした。

「そのくらいなら当然だ。何をしたい？」

「んーとね」

それからパパとずっと一緒に過ごした。

一緒に魔法の練習をしたり、一緒に本を読んだり……。パパにはいつもやっていることと変わらないって言われてしまったけれど、それはそれだけわたしがパパと過ごすのを楽しんでいる証なのだと思う。パパとの何気ない日常が本当に楽しいのだ。

そうやって過ごしている中で、パパがじっとわたしを見つめていた。

「パパ、どうしたの？」

何かわたしに聞きたいことはあるのだろうかとわたしはパパに問いかける。

「……なぁ、ベルレナは〝ベルラ〟だった頃の家族のことは気にならないか」

……パパが口にしたのは、わたしにとっては予想外の言葉だった。

パパの言っている意味がわたしにはわからなかった。ベルラだったときのことを口にされるのがわからなかった。わたしはパパのことをじっと見つめる。

「……俺はな、魔導師として力がある。だからこそベルレナが彷徨っていたのを発見できたし、ここで悠々と過ごせている。ベルレナとの暮らしは楽しくて、俺はずっとこうやってベルレナと親子として過ごしていくことを望んでいる。だけど……、ニコラドにも言われたんだよ。俺には力があるから、ベルレナが望むなら家に帰したほうがいいんじゃないかって」

「……帰す？」

「ああ。行動が遅すぎるって言われるかもしれないが、俺はな、ニコラドにそういうことを言われても中々行動に移さなかった。けど……ベルレナが、行きたい場所が、昔の家族のもとだっていうなら帰したほうがいいんじゃないかって……」

パパはそんなことを言う。

真っ直ぐにわたしのことを見据えて。その黄色い瞳を悲しそうにゆがめて。

パパはわたしが行きたい場所が昔の、〝ベルラ〟だった頃の場所だったのならば帰そうとしてくれているらしい。

……やっぱりパパは優しい。パパは、わたしを利用すると言って、わたしを使うと言ってわたしをここに連れてきてくれたのに。パパはもっと自分勝手に好きなようにしていいのに。なのに、わたしが望むのならって、そういうことを口にしてくれている。

「……ねぇ、パパ。やっぱり、パパは優しいね」

「はぁ？　何を言っている。全然優しくないだろう」

「ううん。優しい。パパはね、もっと自分勝手でいいし、わたしのことをもっと適当に扱ってもいいんだよ。だってパパとわたしは血が繋がっているわけでもなくて、ただパパはわたしを拾ってくれただけなんだから。──最初にわたしを使うって言っていたのに、パパはわたしを甘やかしすぎだよ。わたしの意見なんて聞かないで、パパが好きなようにしたらいいのに」

どう考えてみても、やっぱりパパは優しいのだ。パパはただわたしを拾ってくれただけで、わたしの意見なんて聞く必要なんてない。パパはわたしに無理やり言うことを聞かせる力だってあるし、大人のパパはわたしのことを言いくるめることだってきっとできる。

それでもわたしのことを思って、パパは口にしてくれている。

「あのね、パパ。わたしは昔の家族のことを気にならないと言えば嘘になるよ。わたしのかわりに〝ベルラ〟として過ごしているあの子がどうやって生きているかとか。でもね、パパ。わたしはね、パパがいてくれたからわたしの代わりに〝ベルラ〟になったあの子に憎しみとか、そういう気持ち感じてないの」

わたしはパパに出会わなかったら、消えていた。万が一消えなかったとしても、もしその後の暮らしがつらい日々だったら、どうしてわたしの身体を勝手にあの子が使っている？　ってあの子を憎んでしまったかもしれない。

だけれど、わたしはパパとの暮らしが幸せで、楽しくて――だから、そういう気持ちを抱いていない。

パパがわたしを見つけてくれて、パパがわたしを大切にしてくれて――楽しい日々をわたしに与えてくれたからなのだ。

「パパがわたしと一緒に過ごしてくれたから、わたしは幸せなの。だからね、パパ。わたしが行きたい場所は本当にパパのいるところなんだよ。前向きに考えるとね、あのときはつらかったけれど、パパと出会わせてくれたから結果的にはありがとうって言いたい気持ちにもなってるぐらいだもん」

わたしがそう言いきったら、パパはぽかんとした顔をした。わたしがこんなことを言いだすとは思わなかったのだろう。わたしはそんなパパに笑いかけた。

「だからね、パパ。わたしはこれからもパパの娘だよ。パパが……どうしても帰ったほうがいいって言うならわたしは帰るかもだけど……わたしはパパと一緒に居たいし、パパの娘として生きていきたい。わたしはクイシュイン家の〝ベルラ〟ではなく、魔導師ディオノレの――パパの娘の〝ベルレナ〟でいたいの」

「ベルレナ」

パパはわたしの言葉を聞くとわたしのことを抱きしめてくれた。わたしの小さな身体はパパにすっぽりと抱きしめられる。そしてパパに頭を撫でられる。

「いつまでもいればいい。俺の娘としてずっと過ごしていけばいい。俺もそっちのほうがいい」

「ふふ、良かったー。じゃあ、わたしずっとパパの娘でいる！」

もしパパに断られたらどうしようって、パパに嫌がられたらどうしようってドキドキしていた。でもパパが笑って、ずっと娘でいたらいいって言ってくれたからわたしはほっとした。

「でもベルレナ、本当に見に行かなくていいのか？」

「んー……ちょっとは気になるのは確かだけど」

パパから身体を離して、会話を交わす。

今、あの子がどうやって過ごしているか、興味がないわけではない。

どうやって、どんな風にあの子は〝ベルラ〟として過ごしているのだろうか。そう考えてわたしはパパの目を見て口を開いた。

「パパ。一種のけじめで、一回だけ見に行っていい？　わたしが本当に〝ベルラ〟と決別して、パパの娘として生きていくためのけじめとして」

「ああ。もちろんだ」

わたしの言葉に、パパは笑顔で頷いてくれた。

——そしてわたしとパパは、今〝ベルラ・クイシュイン〟として生きているあの子を見に行くことになった。

「ふぅ……」

息を吐く。

今、わたしはお出かけの準備をしている。身にまとっているのは、お出かけ用のシャツと桃色のスカートである。パパと出かけたときに購入したものだ。

わたしは緊張している。

――というのも、パパと一緒に〝ベルラ・クイシュイン〟だった頃の居場所を見に行くことになっているから。

わたしはこの一年ですっかり、自分を〝ベルラ〟ではなく〝ベルレナ〟と認識するようになっていた。

それってある意味わたしが子供だったからかもしれない。もっと大人になってから、わたしが神の悪戯にあったら、こんな風に割り切ることはできなかったかもしれない。

うんと小さな赤ん坊の頃の記憶は流石にわたしも記憶がない。ちゃんと記憶が思い出されるのは三歳とかそれぐらい。六歳のときにわたしに神の悪戯が起こり、それから二年、わたしは身体の外にいた。そしてその後、一年はベルレナとして生きていた。

だからわたしは忘れたことなどはないけれど、〝ベルラ〟だった頃のことを少しずつ、夢のような感覚で見ている。当然、ベルラとして生きていたときのことは覚えていて、忘れてなんていない。

……けれど、それでもわたしの年齢の子供にとっての三年間はとても大きかったのだと思う。

大人になってから同じ状況になっていたら、もっと自分の身体を返してほしいって思ったかもしれない。そしていつまでもずっと昔の自分に執着していたかもしれない。

「ベルレナ、準備はできているか？」

パパに部屋の外から声をかけられ、わたしは「うん」と頷きながらパパのもとへと向かった。

「パパ、やっぱり少し緊張するね」

「……俺はベルレナがやっぱり戻りたいって言うんじゃないかと少しハラハラしているよ」

「ふふ、パパは心配性だね。言ったでしょう。わたしはパパの娘でいたいんだって」

パパが口にした言葉に、わたしは笑いかけた。

わたしも〝ベルラ〟として生きるあの子を見に行くことにドキドキしていたけれども、パパも同じようにそういう気持ちを抱いているのだなと思うと、わたしはなんだか気持ちが軽くなった。

わたしはパパの娘。

そのことをより一層思ったから、パパの手をひいて、「行こう」と口にした。

そしてわたしはパパと一緒に、クイシュイン公爵家の屋敷のある街に向かった。

久しぶりに訪れるその場所。そもそも小さかったわたしは街に出ることも少なかったから、その記憶も朧気《おぼろげ》だけれども――それでも懐かしさはあった。

わたしは確かに、この街で昔生きていた。

パパと一緒に飲食店に向かえば、そこでクイシュイン家の話を聞いた。クイシュイン公爵家はこの街を治める貴族なので、噂話も当然される。

ベルラ・クイシュインの噂も聞くことができた。

〝ベルラ〟として生きているあの子は、有望で器量が良い優しい女の子として知られているらしい。

一時期我儘だと噂されたのが嘘のようだとそんな風に言われていた。

少しだけ胸が痛んだ。やっぱり昔のわたしは我儘だったのだと実感したから。――でもパパがわたしに笑いかけてくれた。そう、わたしはもうベルラじゃない。

パパと一緒にわたしは、〝ベルラ〟として生きるあの子を見に行った。

クイシュイン公爵家は大貴族であるため、不審な者は普通だと近付くことはできない。だけど、そこはパパの魔法の出番であった。

パパはありとあらゆる魔法を使うことができる、魔導師である。パパが最初に言っていた〝魔導師とは、魔を導く者だな。魔法を誰よりも知っている存在〟というのはまさしくその通りなのだと思う。

パパが指を鳴らせば、わたしとパパの姿は周りに気付かれなくなった。

「わぁ」

「……ベルレナ、声をあげるのはやめような。声をあげると流石に気付かれる」

「うん。わかった。静かにする」

思わず声をあげてしまえば、パパに注意を受けた。その言葉にわたしは頷く。その後、検証をしてみたら声をあげたりしなければ――、目立つ行為をしなければ、わたしたちがここにいても周りが気にしないというのがわかった。

もちろん、魔法というのは万能ではなく、何かの拍子に気付かれることはあるらしいけど。

でも流石に不法侵入などをしようとは思わないので、公爵家の屋敷の近くから様子を見ることにした。

遠くから覗く魔法もあるらしいのだけど、わたしが〝ベルラ〟として生きているあの子をちゃんと見たいと言ったから、こういう方法を取ってくれたのだ。

わたしとパパがじっと見ていれば、馬車から〝ベルラ〟として生きているあの子が降りてきた。

美しい赤い髪と、水色の瞳の少女——ベルラ・クイシュイン。

三年前まで、わたしが使っていた身体。その少女を見て不思議な気持ちになった。三年前まで、わたしがベルラだった。けれど、今はあの子がベルラで、わたしは今、ベルレナだ。

不思議と、嫌な気持ちも、憎しみも感じない。——それは隣にパパがいてくれるから。わたしの側で、わたしを見守ってくれているから。

「ただいま帰りましたわ」

そう言って微笑むあの子は——三年前のわたしと同じ顔だけど、なんだろう、自分のことだけど——昔のわたしと雰囲気が違うように思えた。こうしてパパの側で過ごしていて、自分のことを考えて、やっぱり昔のわたしは我儘だったんだなと思った。

侍女の顔が優しい。ただ一瞬の姿を見ただけでもそれがわかった。

屋敷の中のことは、パパの魔法で覗き込んだ。なんだか悪いことをしている気分になったけれど、少しだけだからと見てしまった。

そこで垣間見た姿は、わたしの三年前の姿とは違った。

今、〝ベルラ〟として生きているあの子は――三年前のわたしとは違う。けれど周りにとってはあの子が〝ベルラ〟であり、あの子だからこそ周りはあれだけ〝ベルラ〟に優しくしているのだろう。

わたしがきっと〝ベルラ〟のままだったら、今とはまた違った未来があっただろうと思う。

そのことが少し見ていただけでもわかった。

――それをわたしは、穏やかな気持ちで見ている。


「パパ、行こう」

「もういいのか？」

「うん。やっぱりあの子が〝ベルラ〟で、わたしは〝ベルレナ〟だよ」

――わたしはあの子の暮らしを覗き見して、そのことを実感した。わたしはもうベルラ・クイシュインではなく、魔導師ディオノレの娘であるただのベルレナである。

そうしてわたしはベルラ・クイシュインという、昔のわたしと決別した。

わたしはベルラ・クイシュインという、昔のわたしと決別をした。――それでもわたしがベルラ・クイシュインであった事実は変わらない。

クイシュイン家を後にしたわたしとパパが何をしているかというと、家に帰っているわけではない。

何故かといえば、わたしがベルラだった頃に行ったことがある場所をぶらぶらしたいと言ったからである。

急に言った言葉なのに、パパは笑顔で頷いてくれた。

「パパ、楽しいね!!」

「ああ」

こうしてベルラとして生きているあの子を見に行くと決めたときに、わたしはとてもドキドキしていた。不安で一杯だった。

だけど、もう〝ベルラ・クイシュイン〟とわたしは違うのだと実感したら、もうすっかり気持ちは軽くなった。

パパと一緒にベルラだった頃に訪れたことがあった街に行ったりした。わたしはベルラだった頃、貴族の家に遊びに行ったりぐらいはしていたのだ。

その当時のことを、今では懐かしく感じる。そんなに時間が経っていないのにずっとずっと、遥か昔のことみたいだ。

「ベルレナは友達とかいたのか?」

交流のあった貴族の街に訪れると、パパにそんなことを問いかけられた。

「んー、交流している同年代の子はいたけれど……友達って言えるほど仲が良かったわけではないのかもしれない。わたしは昔我儘だったし……、あれだけ家の人たちがわたしが我儘だったのを嘆いていたのを見るとわたしがそう思っていても向こうはそうじゃなかったのかなって思うし」

同年代の貴族の子息令嬢とわたしはお茶会をしていたり、遊んだりしていた。わたしが公爵家の令嬢で、王族がいない集まりだとわたしが一番偉かったから、わたしが中心になって話を進めたり、遊んだりしていたのだ。

だからこそ、家族や家の使用人たちのようにわたしが我儘だったことに嫌な思いをしていた子も沢山いたのかもしれないと思った。

わたしは、あの身体を奪われていた二年間、あの子が大切にされるのをただ見て嘆いていただけだった。

あの子はわたしの身体に入った後、体調を崩していた。だから貴族の子供たちと会うこともなかった。わたしは身体から離れていたけれど自由だったから気になることを遠くに見に行くこともできたのに、たまに会っていた貴族の子供たちのことを考える余裕もなかった。

——でも、きっと、彼らもわたしが我儘でなくなったことにほっとしているのだろうと思った。

家族や使用人たちがそうだったのだ。わたしの一番近くにいた存在がそうだったから、あの子がベルラとして生きることになって、みんなほっとしているのだと思う。

そんなことを考えていたらパパに頭を撫でられる。

「ベルレナ、これから友達も作っていけばいい。一生付き合っていけるような友人をな」

「ニコラドさんみたいな？」

「……あいつは腐れ縁だ」

「もー、パパ、そんなこと言っちゃだめだよ？　パパとニコラドさんは仲良しじゃん。わたしに友達を作っていけばいいって言うなら、パパだって友達を作って、もっと交流を広めていこうよ」

「……気が向いたらな」

この一年の間、パパのところに訪れたのはニコラドさんだけなのだ。パパは手紙のやり取りは色々しているみたいだけど、実際に会うことはあまりない。ニコラドさんもわたしを引き取ったからこうして度々来ているらしいけど、それより前、あまりパパはニコラドさんとも会おうとしなかったらしい。

わたしの世界が広がって、わたしの交流関係が広がっていくと同時に、パパももっと誰かと仲良くしていけばいいのになぁって思った。

それにパパは魔導師だから長く生きているとはいえ、とてもかっこよくて綺麗なんだもん！　パパにお嫁さんとかできたらきっと素敵だろうなぁなんてパパを見ながら考えてしまった。

そうしながらパパと一緒に歩いていると、貴族の馬車を見かけた。

——そしてその馬車の中に見えたのは、昔、ベルラだった頃に交流があった少年だった。

確か、アルバーノだったかな。

妹が一人いて、その子はネネデリアって名前だった。でも家名までは覚えていない。わたしは交流を持っていた貴族の子たちのこともそこまで関心を持っていなかったのかもしれない。

自分のことが一番大切で、自分のことばかり考えていた。

ふと、アルバーノが、わたしを見た。

そしてその目が大きく見開かれた。

……わたしを見て驚いている？　ううん、きっと気のせいだろう。パパの娘として生きている〝わたし〟をアルバーノは知らない。わたしはベルレナになってから、この街に来たこともアルバーノと会ったこともなかった。だから、きっと何かの気のせいだ。

馬車はそのまま行ってしまった。

「パパ、帰ろうか」

「ああ」

そしてわたしはパパと手を繋いで、街を出た。街の外の森でパパに転移をしてもらって、屋敷に戻る。

「帰ってきたね。パパ」

「ああ」

「ここがわたしの家だからね。パパが嫌って言うまで」

「嫌なんて言うわけないだろう」

パパはわたしの頭を無造作にまた撫でた。それが嬉しくて、わたしはまた笑った。


ここがわたしの家で、ここがわたしの居場所。

幕間　悪役令嬢の取り巻きの兄　①／身体を奪ったあの子　④

物心ついたときから、俺、アルバーノ・オーカスには人のことが色で認識されていた。

もちろん、髪の色や目の色といった身体の情報や表情だって視覚的に見えるけれど、それよりもその人の本質自体は、色で判断するほうが正確だった。

最初は誰にでも人のことが色で見えるのだと思っていた。だからそのことを口にしていた。でもそうすると母上も父上も兄上も怪訝な顔をしていた。

日に日に家族のあたたかな色だったものが、俺と話すときに歪《いびつ》なものに変わっていた。

その色の変化は、目の前の人たちの俺に向ける感情の変化だとはそのうちなんとなくわかっていった。

母上や父上や兄上は、俺の言っている言葉を嘘と判断し、俺の言葉を怪訝に思っていたのだ。侍女たちだって、表面上はにこやかでも俺のことを変な子供だと裏で笑っていたのを知っている。

俺が本当のことを言えば言うほど、家族との距離は開いていった。

そこでようやくその色は、人には見えないものだとわかった。

なので、俺は気付いてすぐに見えないふりをすることにした。

見えるからこそわかる目の前の人の性格や、何かしでかすかもしれないということを家族に警告の意味で伝えることも、きちんとした証拠がなければ信じてもらえない。

その人自身の魂の色だと言えるものは、俺にとってその人がどういう性格であるかの証拠であったけれども、そんなもの両親たちが信じるわけがない。見えないのだから仕方がない。だからきちんとした証拠があるときのみ、あの人は何かやらかしそうだとかそういう情報を言うことにした。

子供が言った情報が時々あたったりすることや、俺が子供らしくない子供だったからか両親の俺への変化は少し不気味だけど有能な我が子という認識に収まったらしい。俺に対する愛情がないわけではないだろうが、俺を少し不気味がっている。

兄上は両親が俺を優秀だと言うことで嫉妬心を覚えたのか、成長するにつれ俺に向けるその感情は変化していった。

弟である俺に対する愛情がないわけではないらしいけれど、俺に活躍してほしくない、それで家督を奪われたくない——と思っているようだ。別に俺には伯爵家当主なんて地位はいらないのに。

貴族の当主という座はきっと面倒なことが多い。俺が見ていて不愉快になるような魂も多くあるのだ。でも兄上は俺がそんなものに興味がないと言っても全然納得してくれない。

妹のネネデリアは家族に愛されて育った。俺はあまり関わらなかった。何故なら兄上に懐いているネネデリアが俺を慕うとは思わなかったからだ。

ただ歳は俺とネネデリアのほうが近いからお茶会に行くときは一緒だった。

——ネネデリアと一緒に向かったお茶会で、俺は興味を引かれる美しい赤色に出会った。

美しい赤色の髪と、水色の瞳を持つ、気の強そうな令嬢。——ベルラ・クイシュイン。公爵家の一人娘。

意志が強い瞳で、命令口調だったりするけれど——その魂の色は何色にも染まらない赤色だった。それでいて、芯が真っ直ぐなのだろう、その色や形にぶれはない。ただただ自分という存在を確立してそこにいる。

ベルラ様にとって、自分の我儘が通るのも、自分のほうが偉いのも——それは当然だったのだ。周りの現状にも気付くことなく、ただそれが当たり前だと、曲がらぬ意志があった。

ベルラ様は我儘な令嬢ではあったけれど、だからといって周りから嫌われるような令嬢ではなかった。自分がこう思ったことをはっきりと言う——空気の読めないところはあったかもしれないけれど、ただただ真っ直ぐだったのだ。

俺はその美しい赤色に、心惹かれた。

子供は、大きくなるにつれその魂の色を変えていく。何かの拍子に歪になったり、その色が変わっていったり——それは今まで生きてきて周りの色を観察してきてわかったことだ。

ベルラ様の美しい色も……、大きくなるにつれ綺麗じゃなくなるかもしれない。だけどこの心惹かれた赤色が、ずっと綺麗なままでいればいい。ずっと見ていたい。そう思った。だからこそベルラ様の兄とも仲良くしようと思っていたのだ。

そんなある日のことだ。

俺は一人で過ごすことが多い。一人で食事を摂ったり、魔法を練習したり。だからこそ使用人としか顔を合わせずに、数日過ごすなんてよくあることだった。そこまで家族仲が良いわけでもなく、一人のほうが楽だから。

数日ぶりにネネデリアと会ったとき、ネネデリアの魂の色が違った。歪な色と形だった。ネネデリアの本来の色を塗りつぶして、ネネデリアのふりをしていた。

「――お前は誰だ。ネネデリアではないだろう」

その瞬間、そいつは目を見開いて、ネネデリアの色へと戻った。

「アル兄さま!! アル兄さま、アルにぃさまぁっ」

「今度はちゃんと、ネネデリアか。なんだ、あれは」

「わかんなぃいい。急に私の身体、使ってて!! 誰も私じゃないってきづかな……くて!! アルにぃさま!!」

ネネデリアは大泣きしていた。

詳しく話を聞けば、急に数日前、何者かに身体を乗っ取られて自分は追い出されていたらしい。ぞっとする出来事である。

俺は色が見えるからわかったけれど、色の見えない周りはわからなかったらしい。……でも結局中身は別人なので、仕草や言動でわかりそうなものなのだが、人にとって姿形というのは重要なものなのでわからなかったのだろう。

それから俺は疎遠だった妹のネネデリアと仲良くなった。そしてネネデリアは自分に気付いてくれなかった周りに冷たくなった。そのせいで俺が何かしたのではなどと両親や兄上に問い詰められて面倒だった。

それにそういう態度はこれから生きていくためには取り繕ったほうがいい。

「ネネデリア、お前がお前じゃないと周りが気付かないのも仕方がないだろう。そうやって冷たくするより愛想よくして仲良くしたほうがやりやすい」

「でも……私に気付いてくれなかった!! アル兄さまだけだった!!」

「……俺は人の色みたいなのが見えるからだ」

「色?」

「ああ。その人自身の色というか、なんとなく、その人の性格か魂か、なんなのかわからないけど見えるんだ。これは俺とネネデリアの秘密な。あの〝ネネデリア〟はネネデリアとは違う見え方をしていたから」

これで信じてもらえなくて、嘘つきと言われても別に構わない。元々疎遠だったのだ。

そう思っていたけれど、ネネデリアはキラキラした目で「そうなんだ……。アル兄さま凄い」と言った。

俺の他とは違う部分を、身体を乗っ取られるということを経験したネネデリアは受け入れた。そして俺はそれから兄妹としてネネデリアと仲良くすることになった。

……何よりネネデリアとは、ベルラ様に心惹かれている者同士だった。兄妹だからなのだろうか、同じような人間に心惹かれるのかもしれない。ネネデリアはベルラ様の魂の色が見えなくても、ベルラ様の真っ直ぐさに心惹かれていたのだ。

そういう意味で真に俺とネネデリアが同志だったのも仲良くなった理由だろう。

ベルラ様が体調不良ということで、二人して心配していたものだ。ベルラ様が二年ぶりにお茶会に復帰するという情報に「お祝いをしよう」と侍女にケーキを作ってもらったぐらいだった。

ちなみに今まで自分に懐いていたネネデリアが、俺にべったりになったため、兄上には前よりも敵視されるようになった。……あくまで家族だから俺を完全に嫌っているわけではないが、それでも両親の評価も妹から慕われる兄の役目もとられたと思っているようだった。

よくネネデリアに俺に近付かないようになどと助言をしているようだが、そうすればするほどネネデリアから距離を置かれている様子だった。

それからネネデリアと一緒にベルラ様が復帰するお茶会に行ったわけだが、そこにはベルラ様はいなかった。

いや、〝ベルラ・クイシュイン〟という名の、何かはいた。けれど、俺の心惹かれたベルラ様じゃなかった。

ベルラ様の真っ直ぐで美しい何色にも染まらない赤色は、その女には存在しなかった。

歪な形をした、魂。色も一色ではない。

……大人になればなるほど思惑などが絡んで、その魂は歪なものが多い。その魂は大人のものだ。大人が、無理して子供のふりをしている。――だからこそ、余計に歪に見えるのだろう。

ベルラ様はクイシュイン家の代名詞である火属性に適性があるような魂だったけれど、この女の魂は違う。

どちらかというと、水とかのほうが得意そうに見える。それでいて周りの子供たちに対する感情は、友達とかそういうものではなくて――上手く取り繕おうとしているだけのように見えた。

大人が子供に合わせて仲良くしようとしているような――対等ではない、自分のほうを無意識に上だと思っているような、そんな態度。

ベルラ様の真っ直ぐさの欠片も残っていなくて――、それでいてなぜかネネデリアと俺に執着を見せる。見ていて気持ち悪くなるような、よくわからない欲望に満ちた魂だった。

「――今までごめんなさい」

今までのベルラ様の態度を謝っていた。ベルラ様の態度は確かに我儘で、それを嫌がっていた者もいた。――けれど、そんな元々のベルラ様を完全に否定にかかる、今までのベルラ様は嫌われて当然だという態度も気持ち悪かった。

少なくとも俺も、そして隣でなんとも言えない表情のネネデリアも――この目の前の心を入れ替えて優しい少女になった者ではなく、以前の意志が強くて、真っ直ぐな強烈な赤色を纏ったベルラ様を求めていたのに。

そもそもの話、ただ何かの出来事があって魂の色や形が変わっただけなら昔の面影が残るものである。それが一切残っていなかった。

ネネデリアが何かに奪われたときはまだ残っていた。――それはネネデリアが戻って来れる可能性があったという証だろうと思った。――なら、欠片も魂が残っていないベルラ様は？　ベルラ様は……消えてしまったのだろうか。

そう思うと、どうしようもない喪失感と悲しみが残った。

ベルラ様に心惹かれていた俺の気持ちが、なんなのか、俺自身も正確にはわからない。けれど失ってこれだけ悲しくなるのは、俺がベルラ様に少なからずの執着を持っていたからだと思う。それが、ネネデリアがベルラ様に抱いているような憧れの気持ちだったかなんていうのは俺だってわからない。

けれど、ベルラ様はいなくなってしまったのだ。

ネネデリアはベルラ様はどこに行ったのだろうと沈んだ顔で探している。――俺は心のどこかで本当にベルラ様は消滅してしまったのではないかという結論に至って、落ち込んでしまっていた。ネネデリアにはそれは言っていない。……証拠なんてない。俺だってベルラ様が消滅していないならいてほしい。

でも俺たちがまたベルラ様と出会える可能性は限りなく低い。

そうして落ち込んだまま暮らして一年が経った。

ベルラ様のふりをしているあの女の評判はいい。前より我儘ではなくなり、気安くなって、淑女の鑑《かがみ》だなどと言われている。

俺とネネデリアの心惹かれていたベルラ様よりあの女のほうがいいと言う周り。一人の魂が消滅したかもしれないのに気付かない周り。……気持ち悪いなと思った。

思えば俺はあんなに美しくて真っ直ぐなベルラ様の魂に出会ったから、ベルラ様がどんなふうに魂を変質させていくのか楽しみだと心躍らせていたけれど、元々俺は色が見えるからこそこうして歳の割には荒んでいたのだ。ベルラ様に出会う前に戻っただけなのに……、なんだか前よりも世界が色あせて見えた。

そんな中で、俺は見つけたのだ。

貴族の子息としての交流のために出かけていた帰り道――馬車に揺られる中で、一人の少女を見た。真っ白な髪と、黄色い瞳の少女――、同じ髪と目の色をした父親だろう男と共に居たその少女と目が合った。

――その魂に、その色に、ベルラ様の面影が見られて、ベルラ様の魂が見えて、俺は目を見開いた。綺麗な、真っ直ぐな赤色――揺らがないそれに、光だろうか、温かな色に照らされていた。強烈な赤が少しなりを潜めているけれど、それはなりを潜めているだけで、いざというときには、その芯の強さが出てくるだろう。

――綺麗で、真っ直ぐな色。以前とは変わったけれど、それでも俺が今まで見ていたどんな色よりも綺麗で、真っ直ぐで、俺が心惹かれる魂。

――ああ、ベルラ様だ。

理由まではわからないけれど、ベルラ様が、違う姿でそこにいる。その美しい色に見惚れている間に、馬車が動き、ベルラ様は行ってしまった。

そして放心状態で戻った俺は、ネネデリアに「ベルラ様がいた」と告げた。

ネネデリアは大興奮していた。そして俺がベルラ様の魂を見かけたことや、身体が違ったことを言えば、「それでベルラ様は!?」と聞かれた。ただそう聞かれても答えられるものを俺は持ち合わせていなかった。

「……ベルラ様の魂に見惚れて何も確認できなかった」

「もー!! アル兄さまはベルラ様がかかわるとちょっとポンコツですわね!! でも気持ちはわかりま

すわ。ベルラ様が居たら私も放心してしまうかもしれませんわ。でも魂が見えるアル兄さまだから気付けたのですものね!! ベルラ様を捜しましょう」

「ああ」

あのとき、引き留めれば今のベルラ様のことが知れたのに。なんで引き留めなかったのか、追いかけなかったのか――幾らその魂に見惚れていたとしても……と後悔した。

「ひとまずベルラ様が見つかったということで、パーティーしましょう!! ケーキ作ってきますわ!」

「ああ。祝おう」

ネネデリアはお菓子作りが趣味になっていたため、自分でケーキを作っていた。貴族の子供として台所に立つのは褒められたことではないが、ネネデリアが頼み込むので両親は許したのだ。ついでに俺も一緒に作っている。

俺の自室で行われた『ベルラ様が見つかったお祝いパーティー(ネネデリア命名)』は当然二人のみで行われた。自室で急にパーティーを始める俺たちを使用人たちも不思議そうに見ていた。

あと兄上も混ざりたそうにしていたが、それはお断りした。

あくまでこれはベルラ様が見つかったお祝いだ。

今のベルラ様を演じているあの女と仲良くしている兄上を交ぜるわけにもいかない。

それでもまた兄上に睨まれたりしたが――ベルラ様が消滅せず、この世界にいてくれたことが嬉しい俺は兄上の態度を気になどしなかった。

――それからベルラ様を俺たちは捜したが、見つからなかった。けれどベルラ様が消滅せずに生きていることがわかったから、俺たちはベルラ様に会うためにも力をつけることにするのだった。

＊＊＊

「やっぱり火は上手く扱えないわ」

私は相変わらず、『ライジャ王国物語』のベルラ・クイシュインのように火の魔法が上手く使えない。どちらかというと他の属性のほうが得意な状況だ。そのことは予想外だったけれど――、それはそれと割り切ることにした。

乙女ゲームの世界に転生したとはいえ、ここは現実だからこそ乙女ゲームの世界と全てが同じであるわけがないのだ。私という転生者のイレギュラーがあるわけだし。

ネネちゃんとアルバーノと仲良くしようとしているけれど、今のところ、全く仲良くなれる気配がない。

……目を合わせて話しているからこそ、私が幾ら仲良くしようとしても、ネネちゃんとアルバーノが私と仲良くしようと思っていないことがわかる。

もちろん、表面上は笑っているけれど――、乙女ゲームの世界の我儘なベルラはできたのに、どうして私にはできないのだろうと理由がわからなかった。

――私がベルラになって既に三年が経過している。

九歳の誕生会は、盛大にお祝いがされた。お母様も、お父様も、お兄様も――そして仲良くなった貴族の子供たちもお祝いをしてくれた。そして、私の推しであった第一王子ガドッシ・ライジャとの出会いもあった。

初めて会ったガドッシ殿下は、本当に美しかった。銀色の美しい髪の少年で、まるで天使か何かかと思ったわ。その美しさに私は見惚れてしまったものだった。確かガドッシ殿下の設定では、ベルラ・クイシュインのその美しさに向こうも一目惚れするのよね。それでいて、どんどん我儘になって、気に食わない相手を排除したりと――悪役令嬢として相応しい名前になっていくベルラに愛想をつかす。

まだ子供で素直になれないガドッシ殿下は、ベルラに最初冷たい態度を取ってしまったりするのよね。

実際に私もそういう態度を少し取られたし。私は中身が大人だからそういう態度もわかって、ガドッシ殿下も私を気に入ってくれたとわかって嬉しかったわ。

そして私はガドッシ殿下と婚約することができた。

ガドッシ殿下に嫌われないように、乙女ゲームの悪役令嬢のベルラのようにならないようにしないと。

ひとまず、ネネちゃんとアルバーノとは仲良くできていないけれど、他の子たちとは友好関係を築けているわ。もっと交流関係を広げて、フラグをなんとか折っていかないと！

「ベルラ、良かったね。ガドッシ殿下と婚約ができて」

「ええ。とても嬉しいですわ」

お兄様の言葉に私は頷いた。

私がガドッシ殿下を好いているのは、家族にはバレバレらしい。それはちょっと恥ずかしいけれど、家族も私の幸せを願ってくれていることがわかって嬉しかった。当然、私とガドッシ殿下の婚約には政略結婚的な意味合いもある。

クイシュイン公爵家としての政治的な一面でそういう婚約が結ばれたのもある。——だけど、私が本気で嫌がったらお父様は私とガドッシ殿下で婚約を結ぶことはしなかっただろう。

ゲームのベルラもファンブックで、ガドッシ殿下との婚約を大変喜んだのだと書いてあったっけ。

お父様が話しているのを聞いてしまったのだけれど、私が三年前に倒れてしばらく体調を崩していたこともあり、少し前まで私が婚約者になることが確定していたわけではなかったらしいの。

王族に嫁ぐからには、健康でなければならない。後継ぎを産まなければならないからである。そのあたりが不安視されていたようだ。あとはクイシュイン家の娘ながらに火の魔法が上手く使えないことも問題の一つだったらしい。

この世界は前世よりも血筋などを重要視しているのだ。その血を継ぐ子供の優秀さに期待しての婚姻もよく結ばれるんだとか。前世が日本人の私にはなんとも言えない世界である。

思えば、乙女ゲームの世界のベルラは、小さい頃に倒れて体調不良の時期があったという情報はどこにも載っていなかった。そして火の魔法が得意だった。……乙女ゲームのベルラは、健康体で、火の魔法が得意で、身分も釣り合っているということから婚約者に確定したのだろう。

私はベルラとして目覚めてからフラグを折りたいと一生懸命だった。その結果、出来が良いと評判になって、ガドッシ殿下と婚約が結べたみたいだった。

それを思うと、より一層、私は頑張らなければならないと思った。転生者である強みを生かして、次期王妃として相応しくならないといけない。それは前世で一般人であった私には少し重圧だけれども、それでも――お会いしたガドッシ殿下の姿と、前世の記憶に残るガドッシ殿下の将来の姿を思って、頑張りたいと思ったのだ。

乙女ゲームの舞台は、学園の高等部に入ってからだ。乙女ゲームでは描かれていなかったが、学園自体は十三歳からある。乙女ゲーム自体は、十六歳になる年に始まるのだ。家の事情などにもより、十三歳から通う者もいれば、十六歳から通う者もいるらしい。

逆に十三歳で入学し、十五歳で卒業して高等部には通わない人もいるそうだ。ただそのパターンは少ないらしい。貴族は基本よっぽどの事情がない限り、六年間通うのが当たり前になっているとのことだった。他国に十五歳で嫁ぐから、高等部に通わない貴族とかはいるみたいだけど。

そう考えるとヒロインは大変だろう。

元々平民で幸せに暮らしていたのに、両親が亡くなって、大変な目にあう。しかし十五歳になる年に、叔父だと名乗る貴族が現れ、引き取られるのだ。

それで高等部から入学するというパターンで、貴族の令嬢として入学しているけれど、馴染めないとなると……学園で浮いても仕方がない。それでただでさえ学園で浮いているのに、攻略対象たちと仲良くなってだと本当に大変だ。

ヒロインが入学したら、優しくして、いい関係を築かないとね。

ヒロインはプレイヤーが操る人物だからこそ、設定はあっても情報は結構最低限だった。だからこそヒロインが実際に今、どこにいるかは私にはわからない。ヒロインの場所が明確にわかっていたらどうにかヒロインに接触することができたのだけど……。

そこまで考えて私は首を振る。

出来もしないことを考えても仕方がない。まだ私は九歳なのだから、できることから一つずつこなしていかないと！

そう決意して私は、ヒロインのことは一旦頭からどけてガドッシ殿下と仲良くなるために動くことにした。

《了》

あとがき

　こんにちは。池中織奈と申します。この度は『身体を奪われたわたしと、魔導師のパパ』を手に取っていただきありがとうございます。

　この作品は「小説家になろう」に掲載していたものを加筆修正したものになります。細かいエピソードや幕間などを追加させていただいています。

　本作は憑依ものや転生ものはよくあるけれども、そのもとの魂が主人公だったらどうだろうか？と考えたのがきっかけで書いた物語です。王道の物語も読むのも書くのも大好きです。でもそこから捻ったお話を読んだり書いたりするのも好きです。

　ベルレナは憑依され、消えかけたところをパパに拾われます。もとのベルレナの身体を使っているベルラは転生したと思い込んでおり、悪役令嬢としてのフラグを折ろうと考えています。

　ベルレナは転生者や悪役令嬢という単語も何も知らない、異世界の事も知らない女の子です。まだ物語上は先の話になりますが、これからベルレナがどのように乙女ゲームに関わっていくかも含めて楽しんでいただければと思います。

　剣と魔法のファンタジーが好きなのもあって、とても楽しんで書かせていただきました。

　魔導師であるパパ――ディオノレは他人に興味がなく、ただ屋敷で魔法の研究ばかりしていました。そのディオノレもベルレナと出会って、接していくうちに家族になっていきました。

　ベルレナもディオノレも楽しく書かせていただきました。お読みいただいた読者様も楽しんでいただけていたら嬉しいです。

最後に、こうして形になるまで支えてくださった全ての皆さまに感謝の言葉を述べたいと思います。WEB版を読んでくださっている読者様、本当にありがとうございます。本作を形にするにあたりお世話になった担当様、登場人物たちの姿を描いてくださったまろ先生、出版に至るまでに協力してくださった全ての皆様へ感謝の気持ちしかありません。

この本を購入してくださった皆様も、本当にありがとうございます。これからも皆様の心を動かせるような物語を書き続けられるように頑張ります。

池中織奈

元農大女子には悪役令嬢はムリです！
早田結
ill. 桶乃かもく
婚約破談から始まる
何も知らない
転生リケジョと
ベタ惚れ
残念王子の
溺愛ロマンスファンタジー！
1巻発売中！
©Yuu Hayata
Motonodaijoshi niwa akuyakureijo wa muridesu!

我輩は猫魔導師である
～キジトラ・ルークの快適チート猫生活～
1～3巻好評発売中！
猫神信仰研究会
nekogami sinkou kenkyuukai
ハム
転生したらチートな猫でした！
目指せ！三食昼寝付きのペットライフ！
©nekogami sinkou kenkyuukai

転生貴族の異世界冒険録
～カインのやりすぎギルド日記～
原作：夜州
漫画：佐々木あかね
キャラクター原案：藻
レベル１の最強賢者
原作：木塚麻弥
漫画：かん奈
キャラクター原案：水季
我輩は猫魔導師である
原作：猫神研究信仰会
漫画：三國大和
キャラクター原案：ハム

神獣郷オンライン！
原作：時雨オオカミ
漫画：春千秋
ウィル様は今日も
魔法で遊んでいます。ねくすと！
原作：綾河ららら
漫画：秋嶋うおと
キャラクター原案：ネコメガネ
バートレット英雄譚
原作：上谷岩清
漫画：三國大和
キャラクター原案：桧野ひなこ
コミックポルカ
COMICPOLCA
話題のコミカライズ作品を続々掲載中！
毎週金曜更新
公式サイト
https://www.123hon.com/polca/
Twitter
https://twitter.com/comic_polca
コミックポルカ
検索

唯一無二の最強テイマー
～国の全てのギルドで門前払いされたから、他国に行ってスローライフします～
原作：赤金武蔵　漫画：田村紘一
キャラクター原案：LLLthika
異世界還りのおっさんは終末世界で無双する
原作：羽々音色　漫画：ダンタガワ
処刑された聖女は死霊となって舞い戻る
原作：緒二葉　漫画：蚊
キャラクター原案：みなせなぎ